KB012161

나와 호랑이님 14.5

타초경사(打草驚蛇)

제2부 나와 호랑이님 연(緣) 외전

카넬 지음
영인 일러스트

목차

시작하는 이야기

요괴의 왕이 된 지, 2주 후.

천재일우의 기회가 내게 찾아왔다.

나래는 바둑이와 놀고 있고, 랑이는 낮잠을 자고 있으며, 폐이는 세희에게 요괴넷의 관리 방법에 대해 더욱 자세히 배우고 있다. 치이는 부엌에서 요리를 하고 있고 아야는 목욕 중이다.

즉, 안방에는 나 혼자밖에 없다는 말이다. 나는 의미가 없다는 것을 알면서도 주변을 두리번거린 뒤, 컴퓨터 앞에 앉았다.

……아니, 그거 아니다. 그거 아니니까.

치이가 칼질하는 소리가 문 너머로 들리는데 내가 깡 좋게 그런 짓을 할 리가 없잖아? 비록 내가 혼자만의 시간을 가지기 힘들어서 슬슬 밤이 힘들고 아침이 무서워지고 있긴 하지만, 그래도 그건 아니라고.

나는 그저, 알고 싶을 뿐이다.

C:₩DocumentsandSettings₩Administrator.MY
_COM.001₩MyDocuments₩랑이₩까치₩로리콘도련님
폴더의 실존 여부를.

지금부터는 시간 싸움이다.

나는 재빨리 컴퓨터의 전원 버튼을 누르고 부팅이 끝나기만
을 기다렸다. 바탕 화면에 커서가 나오자마자 나는 마우스를
움직여 검색기를 실행시켰다. 그리고 예의 폴더를 찾았다.

"없네?"

내 문서 폴더에는 랑이라는 이름의 폴더가 없었다. 세희 말
대로 농담이었던 것 같다. 현실을 받아들일 수밖에 없다. 어
쩔 수 없는 일이다.

……라고 지금 이 순간을 돌이켜 볼 때가 올까?

그런 건 조금이라도 노력을 한 다음에야 허락되는 말이다.
스스로에게 당당해지고 싶다면 조금이라도 더 찾아보자.

나는 검색기를 활성화시킨 뒤 Alt 키를 눌렀다. 숨겨져 있
던 메뉴가 드러났다. 그 중 도구 창에 들어가 폴더 옵션을 누
른다. 일반, 보기, 검색 탭 중, 보기를 누른 뒤. 숨긴 파일, 폴
더 및 드라이브 표시를 체크한 뒤 확인을 눌렀다.

이 나라에 살고 있는 청소년들이라면 누구나 다 알고 있을, 파일을 숨기는 가장 간단한 방법이다.

아, 지금 그게 중요한 게 아니지. 나는 다시 한 번 폴더를 훑어보았다.

······있다.

거짓말 같이 조금 전에는 없었던 폴더가 희미한 윤곽을 드러내며 그 자리에 있었다. 이렇게 간단하게 숨겨 놓고 있다니. 세희의 성격상, 중요하지 않은 것이라거나······ 내가 찾아볼 것을 미리 예상하고 있었거나, 둘 중 하나겠지. 그리고 지금까지 봐 온 그 녀석의 성격상, 분명히 후자일 것이다.

나는 그럴 여유가 없다는 것을 알면서도 턱을 괴고 잠시 고민에 빠졌다.

어떻게 할까. 어차피 집안에서 세희가 모르는 일은 없다. 지금 이 모습도 세희가 보고 있을 것이다. 즉, 물러나려면 지금이라는 것이다.

하지만 나는 혈기왕성한······ 아니, 호기심 많은 사춘기 소년이다. 세희의 농담이 정말로 농담이었는지, 아니면 꿈과 희망에 부풀어 올라서 밤잠을 설치며 오늘 꿈은 제발 좋은 내용이 되었으면 좋겠다고 생각하게 되는 보물 창고였는지 확인하지 않을 수 없다.

"후······."

나는 각오를 다지기 위한 한숨을 내쉰 뒤. 마우스를 클릭했다. 그리고 그 안에는…….

랑이에게 가장 어울리는 옷은 무엇?

"가족이란 무엇이라 생각하느냐."

매일매일 일에 치여 사는 나로서는 아무래도 좋은 질문이 랑이에게서 날아왔다. 가족이 무엇인지에 대한 질문이 중요하지 않다는 건 아니다. 하지만 그건 개개인마다 다를 수밖에 없는 질문이고, 랑이가 원하는 해답은 내게서 나올 수 없는 것이다.

무엇보다 말이지.

나는 내가 벌인 일 때문에 배로 늘어난 업무량에 시달리고 있다고. 매일 직장 상사의 잔소리와 후임들의 멍청함에 시달리다 집에 돌아와 소파에 누워 버리고 마는 아저씨들의 심정을 알게 된 나한테 그런 고차원적인 질문을 하지 마라.

그런 생각에 기반을 두어서, 나는 말했다.

"가족? 가족은 가족이지, 뭐."

의자를 차었다.

"야!"

뒤를 돌아보니 냥이가 자신이 저지른 잘못 같은 건 신경 쓰지 않는다는 듯이, 팔짱을 끼고 거만하게 나를 노려보고 있었다.

"다섯 번 재탕한 녹차 티백 같은 너에게, 내가 의견을 물어보았는데 선문답 같은 소리나 하고 자빠져 있느냐."

쓸모없다는 소리지.

"내가 다섯 번 재탕한 녹차 티백 같은 놈이다 보니까 말이야. 생각하는 힘이 빠져나가서 뭐라고 대답해야 할지 모르겠거든."

냥이가 눈썹을 꿈틀거리고 꼬리털을 살짝 세우며 말했다.

"지금 말꼬리 잡고 있는 것이냐?"

"호랑이 꼬리라면 모를까, 말꼬리는……."

담뱃대가 날아왔다.

"아프잖아."

"흥! 자업자득이니라."

냥이는 멋들어지게 담뱃대를 휘리릭 돌리더니 입에 물고 뻐끔뻐끔 검은 연기를 피워 냈다. 그 모습이 돈이 없어 승급전 도중에 게임방에서 쫓겨난 내 친구의 표정과 비슷하게 보였다.

걱정되는군.

"것보다, 왜 그래? 랑이하고 무슨 일 있었냐?"

지금 표정은 내가 몰래 숨겨 놓았던 성인용 잡지를 발견했을 때의 나래와 같아졌지만.

"네놈이 문제 아니느냐, 네놈이."

나는 당당히 가슴을 피고 말했다.

"뭘 새삼스럽게 그래? 내 잘못으로 벌어진 일들이 지금까지 한둘이 아닌데."

"우와……."

냥이가 질렸다는 듯 인상을 찌푸리며 두 발자국 뒤로 물러섰다.

……농담이었는데. 슬프다.

"네 놈이 원래 그런 인간이라는 것은 내 결계를 빠져나올 때부터 알고 있기는 하였지만, 나날이 더 심해져 가는구나."

왜 갑자기 그 이야기를 꺼내냐. 내 인생의 되돌아보고 싶지 않은 순간 10위권 내에 올라가 있는 사건인데.

"네놈이 그래서야 양팔 저울의 한쪽에 올려놓았을 때 반대쪽에 세계를 올려놓아도 평행이 이루어지지 않는 우리 흰둥이를 줄 수는 없느니라."

그래. 네 마음의 저울은 랑이 쪽으로 기울겠지. 나도 비슷하기 때문에 거기에 대고 할 말은 없다. 다른 쪽이라면 몰라도.

"그래서."

나는 내심 모르겠다는 듯 어깨를 으쓱거리며 냥이에게 말했다.

"내가 어떻게 해 줬으면 좋겠는데?"

"흥! 맷돌 굴리는 소리가 요란하기도 하는구나."

머리가 좋은 이 녀석이 내 꿍꿍이를 모를 리가 없다. 하지만 알면서도 넘어가는 게 있는 법.

뭐, 이렇게 조금씩 냥이하고도 가족이 되어 가는 거겠지.

"미래의 처형에게 좋게 보여서 나쁠 건 없잖아? 그래서 뭔데 그러냐?"

냥이는 어쩔 수 없다는 듯, 후우, 흰색 연기를 내뿜으며 진지하게 말했다.

"흰둥이가 나와 놀려고 하지 않는다."

……나는 어떤 반응을 보여야 하는가.

고민에 고민을 더한 후, 나는 아무 말도 하지 않았다. 그게 정답이었는지 냥이가 계속해서 말했다.

"오전은 네놈이 일하는 시간이 아니느냐. 지금까지는 그 시간 동안, 놀아 달라고 보채는 흰둥이를 달래는 것이 내 삶의 낙이었다. 그런데 요즘 들어서는 흰둥이가 나와 놀아 달라고 보채지를 않는다."

"뭐 잘못한 건 없고?"

냥이가 담뱃대를 움켜쥐었다. 맞는 건 질색이기에 나는 두 손을 들어 만류하며 말했다.

"아니, 잠깐만. 타당한 질문이었잖아?"

"타당하긴 뭐가 타당하느냐. 내가 처음에 말하지 않았느냐? 이 모든 것이 네 탓이라고!"

생각해 보니 그랬었다. 나는 잠깐 요 며칠간의 기억을 되짚어 보았다.

음.

나는 어깨를 으쓱하며 냥이에게 말했다.

"난 잘못한 것 없는데?"

냥이가 노호성(怒虎聲)을 터트렸다.

"없기는 뭐가 없느냐! 네놈이 일하는 시간이 길어졌는데!"

"……예?"

꼬리털을 삐쭉 세울 정도로 화가 나 있는 냥이에게 이런 말을 하면 역효과라는 것을 알면서도 나는 말을 이었다.

"그게 왜 내 잘못이야?"

잘하면 한 대 칠 것 같은 기세로 냥이가 말했다.

"네 놈이 얼굴을 보이는 시간이 적어지니 우리 가을 하늘같이 맑고 깨끗해야 하는 흰둥이의 얼굴에 봄날의 황사가 낀 것이 아니느냐!"

……그렇게 생각하면 내 잘못이 맞긴 하지.

하긴, 요즘에는 이것저것 일 때문에 아이들과 놀아 줄 시간이 다시 적어지긴 했으니까.

하지만.

"아니, 난 분명 이 일이 궤도에 오를 때까지는 바쁠 수밖에 없다고 말했어. 아이들도 어쩔 수 없다고 동의해 줬고."

"참으로 궁색한 변명이니라."

아니, 뭐가.

"그러면 네가 요괴의 왕으로서 나서는 첫걸음이 될 중요한 사업을 우리 착한 흰둥이가 반대할 것이라 생각하였느냐?"

윽! 그, 그건 그렇지.

아픈 곳을 찔려서 우물쭈물하고 있는 내게 냥이가 말했다.

"무엇보다. 나는 이해가 되지 않느니라. 아래에서 올라오는 서류 정도야, 하루 한 시간이면 충분히 볼 수 있을 터. 무엇을 그리, 부엌칼 한번 잡아 본 적 없는 인간이 처음으로 호박을 채 써는 것처럼 시간이 오래 걸리는 것이느냐?"

할 말이 생겼다.

"아, 내가 어렸을 때부터 책을 별로 안 읽어서 말이야. 글을 읽고 의미를 파악하는 데 시간이 오래 걸리거든."

담뱃대가 날아왔다.

아프다.

"자랑이다, 이것아."

나는 머리를 매만지며 말했다.

"그래도 조금씩 빨라지고 있다고."

"네가 소고기로 육수를 끓이는 만큼 긴 시간을 들이는 동안 우리 흰둥이에게 흰머리가 몇 개나 생긴 줄 아느냐."

"랑이는 원래 머리카락이 하얗잖아."

"검은 부분이 하얗게 됐으니까 문제다!"

"어, 진짜?"

그렇다면 내가 지금 일이나 하고 있을 때가 아니다. 지금 당장이라도 랑이를 끌어안고 둥개둥개 해 주면서 스트레스를 풀어 줘야 한다.

그런 나를 냥이가 말렸다.

"그렇다고 지금 흰둥이에게 갈 생각은 말거라."

"왜?"

냥이가 혀를 찼다.

"쯧쯧쯧. 흰둥이를 그렇게 보고도 모르겠느냐. 바다보다 깊은 마음씨를 가진 흰둥이가, 네놈이 자신을 걱정했다는 사실을 알아 보거라. 수심이 더욱 더 깊어질 것이니라."

나는 고개를 끄덕였다. 랑이는 그런 쪽으로는 아이 같지 않은 면이 있으니까 말이지.

"그러면 어떻게 하라고?"

"네 놈이 바빠서 우리 흰둥이가 시름에 빠진 것이니, 일하는 시간을 줄이면 되지 않느냐."

정론이다. 정론이기에 불가능한 일이지. 내가 갑자기 사무직에 정통한 OL…… 이 아니라, 샐러리맨이 되지 않는 이상 말이야.

그렇기에 나는 차선책을 꺼내 보았다.

"누가 내 일을 도와주면 모를까. 그건 무리."

냥이의 눈매가 예리해졌다. 너무 속 보이는 말이었나.

"하, 하하하……."

냥이의 시선을 버틸 수 없어 어색하게 웃어 보았습니다.

"지금 웃음이 나오느냐."

"……아니, 미안."

"다른 일이라면 모를까, 이것은 요괴의 왕으로서의 너를 세상에 드러내는 일이다. 혼자서 다 끌어안고 가라는 말은 하지 않겠다만, 적어도 진행 상황과 일의 흐름 정도는 알아 두고 현장에서 할 일을 정해 주는 것 정도는 해야 하지 않겠느냐? 그것이 왕이 된 자의 최소한의 의무이니라. 이것을 남에게 맡기는 순간, 네놈은 정말로 단순한 꼭두각시 왕이 될 뿐이다."

어려 보이는 외관과는 다르게 엄하게 꾸짖는 냥이에게 나는 할 말이 없었다.

"애초에, 조선 시대의 왕들은……."

냥이의 충고 겸 잔소리가 길어질 것 같은 예감이 들었기에 나는 손을 들어 말을 잘랐다.

"할 말이라도 있느냐."

"지금은 그런 것보다 랑이의 기분을 좋게 만들어 주는 방법부터 생각해 내는 게 좋을 것 같아서."

"흥! 빠져나갈 구멍만 잘 찾는 것이 마치 쥐새끼 같구나."

찍소리도 못하겠군. 말을 돌리자.

"그건 그렇고 말이야. 뭔가 잔치 같은 거라도 벌이는 건 어때?"

"하이고, 흰둥이가 네가 신경 써 주고 있다는 걸 참으로 모르겠구나."

바보 취급받는 것에 이골이 나 있어서 다행이다. 잠시 곰곰이 생각에 잠겨 봤지만 답이 나오지 않았기에, 나는 사실대로 말했다.

"당장은 좋은 생각이 안 나는데. 시간을 좀 주면 안 되냐?"

냥이가 고개를 돌리며 작게 한숨을 쉬었다. 꼬리까지 추욱 늘어진 것을 보니 보여 주기 위한 한숨이 아니다. 나는 울컥해서 말했다.

"무, 무시하지 마!"

지금은 단지 일하다 보니까 머리가 지쳐서 좋은 생각이 안 나는 것뿐이니까! 이럴 때는 달달한 걸 먹으면서 잠깐 쉬다 보면 좋은 생각이 난다고!

"애초에 네놈에게는 기대조차 하지 않았느니라."

이 녀석은 나를 화나게 만드는 방법을 잘 알고 있다. 살짝 울컥한 나는 빈정거리며 말했다.

"그러면 왜 말을 꺼냈는데?"

"처음에 말하지 않았느냐."

처음에?

나는 냥이가 처음에 했던 말을 떠올려 보았다.

"가족이란 무엇이라 생각하느냐."

……그게 어떻게 내 질문에 대한 대답이 되지? 그런 생각을 하며 냥이를 빤히 바라보았다. 냥이가 이번에는 대놓고 한숨을 쉬고는 말했다.

"나에게 있어 가족이란, 서로가 서로에게 가장 행복해할 만한 일을 생각하고 그 일을 실천하는 것이니라."

나는 냥이의 마음 씀씀이에 두 손을 들 수밖에 없었다. 그래서 나한테 말한 거냐.

냥이라면 얼마든지 스스로 랑이의 마음에 드리운 먹구름을 걷어 낼 방법을 생각해 낼 수 있을 것이다. 그 방법을 쓴다면 당연히 랑이도 기뻐할 것이다.

하지만, 냥이는 알고 있다. 내가 자신의 여동생을 위해 똑같은 일을 한다면 랑이가 더욱 기뻐할 것이라는 사실을.

랑이가 세상에서 가장 사랑하는 사람은 나니까. 그렇기에 가장 좋은 자리를 나에게 양보한 것이다.

"……고맙다."

"흥!"

냥이가 고개를 돌리며 코웃음을 쳤다. 하지만 그 꼬리는 살랑거리며 주인의 마음을 그대로 드러내고 있다.

"고맙다면 일단 오늘 할 일을 끝낸 뒤, 내 말 뜻을 혼자 잘 생각해 보거라."

이건 이거, 그건 그거라는 거지.

"그래."

고개를 끄덕이고 다시 책상을 향해 몸을 돌린 내게.

"……어차피 네놈은 한 가지밖에 모르겠지만."

기분 탓인지, 살짝 부끄러움이 묻어난 냥이의 목소리가 들렸다.

"응?"

하지만 고개를 돌렸을 때는, 이미 냥이가 문을 닫고 마루로 나간 뒤였다.

그리고 다음날 밤.

지금 일어나고 있는 상황을 보고 내 이야기를 믿어 줄 사람이 얼마나 있을지 모르겠지만…….

난 정말 열심히 생각했다.

그리고 내가 생각해 낸, 랑이의 기분을 풀어 줄 방법은 다음과 같다.

온 가족이 모여서 랑이에게 가장 잘 어울리는 옷을 골라 주고 입혀 보면서 같이 노는 것.

랑이에게는 네 귀여운 모습을 보는 것으로 일하면서 쌓인 스트레스를 해소하기 위해서라고 말해 놨다.

아아, 예상했습니다. 그래도 그런 눈으로 보지 말아 주세요. 전 정말 열심히 생각했다고요. 절대로 인터넷에서 여자아이들은 예쁜 옷을 입는 것을 좋아한다, 라는 글을 보고 결정한 게 아니야. 정말이다. 다른 이유가 있다고.

하지만 지금은 그 이유가 중요치 않게 됐다.

왜냐고?

내가 세희에게 도와 달라고 부탁했거든. 물론 상식적으로 생각해서 세희에게 도와 달라고 말한 건 틀리지 않다. 일단 내 계획을 실천하기 위해서는 옷가지가 많이 필요하고, 이런 걸 부탁하기에 가장 적합한 녀석은 소매 안에 백화점을 차린 세희니까.

하지만 열 길 물속은 알아도 한 길 귀신 속은 모른다고 할까. 나는 세희를 너무 우습게 보았다.

그 결과.

"요괴의 왕께서 처음으로 주최한 이벤트! '호랑이님께 가장 어울리는 옷은 무엇?!'을, 지금! 시작하겠습니다!"

마이크를 통해 울리는 세희의 말이 끝남과 동시에,

"우와아아아아아!"

"호랑이님 귀여워요, 호랑이님!"

"호랑이님의 귀여움은 우주 최고!"

"날 가져요, 호랑이님!"

요괴들로 가득 찬 **관객석**에서 등이 떨릴 정도로 커다란 함성이 튀어나왔다.

온몸이 찌릿찌릿해질 정도의 함성에도 세희는 조금도 주눅 들지 않고, 아니, 오히려 즐기는 듯한 모습으로 전방을 향해 손을 뻗으며 말했다.

"요괴의 왕이 주최한 이벤트에 걸맞은 특별 무대에서, 저 강세희가 사회를 맡았습니다."

다시 한 번 관객석에서 함성이 터져 나왔다. 나는 눈물이 터져 나올 것 같다.

왜 그러냐고?

지금 내가 있는 곳은 지리산에 만든 특별 무대의 뒤니까.

다시 한 번 말한다.

지금 내가 있는 곳은 지리산에 만든 특별 무대의 뒤쪽이다.

우리들의 극적인 등장을 위해서, 세희는 반투명한 검은 벽으로 특별 무대와 이곳을 나눠 놓았다.

세희가 무슨 수를 썼는지 모르겠지만, 하루 만에 만든 이 특

별 무대의 크기는 서울의 종합 운동장 정도는 되어 보였다. 시설 자체도 새로 만든 것기 때문에 정말 좋아 보이지만…….

이런 걸 왜 지리산에 만드는데?! 그것도 이런 산골에?! 누가 쓰라고!

"요즘에 랑이가 기분이 안 좋아 보인 건 사실이지만, 그렇다고 해도 이건 너무 크게 벌인 거 아니야?"

내 쪽으로 슬쩍 고개만 돌려 작은 목소리로 말한 나래에게 할 말이 없다.

아니! 진짜! 랑이의 사랑스러움에 맹세코! 이렇게 크게 일을 벌일 생각은 없었다고!

"차~암 잘하는 짓이로구나. 그래, 열심히 생각한 것이 이런 광대놀음이었느냐."

내 왼쪽에서 담뱃대를 입에 물고 있는 냥이가 빈정거렸다. 하지만 나도 할 말이 있다.

"그러는 넌 왜 안 말렸는데?!"

냥이가 반대쪽으로 고개를 돌리며 힘이 빠진 목소리로 중얼거렸다.

"……흰둥이가 너무 좋아하는데 나보고 어쩌라는 것이냐."

그러고는 다시 한 번 크게 한숨을 내쉬고는 신경을 집중해야 겨우 들릴 법한 목소리로 중얼거렸다.

"덕분에 고심할 일이 하나 생겨 버렸구나."

……그 머리 좋기로 유명한 냥이가 고심을 한다고? 세희와 두뇌 싸움을 하는 녀석이? 뭐 때문에 그러지?

물어볼까 말까 고민하던 찰나. 냥이의 왼쪽에 서 있던 아야가 고개를 푸욱 숙이고서는 꼬리를 앞으로 잡아당기며 한 말이 내 신경을 끌었다.

"그건 그래. 그 침울이가 갑자기 환해지는 걸 보니까 나도 아무 말도 못 하겠는걸. 키이잉…… 나도 사실 이런 바보 같은 일에 끼기 싫었어."

"고맙다."

"뭐가 고맙다야? 아빠도 똑같으면서."

아야의 말이 맞다. 나 역시 똑같은 이유로 아무 말도 하지 못했으니까. 다행인 건 이게 나와 아야와 냥이에 한정된 이야기가 아니라는 점이다. 이 미친 이벤트가 세희의 의도대로 흘러가게 된 건, 집안 그 누구도 랑이의 '세상에서 가장 행복한 사람만이 지을 수 있는 미소'에 저항할 수 없었기 때문이었으니.

"자 그러면 먼저, 오늘의 출전자를 소개하겠습니다."

이 모든 일의 주범은 느긋하게 진행이나 하고 있다.

"하아아아아……."

한숨을 쉬며 무대의 막이 올라가는 것을 기다린다. 나는 분명 마지막이었지? 장난 아니게 긴장되네.

"아우, 아우우우……."

그래도 맨 처음보다는 낫다.

치이는 처음에 자신이 소개된다는 것 때문인지, 귀 위 머리카락을 열심히 파닥이면서 자기를 도와줄 수 있는 사람이 혹시라도 없나 주변을 두리번거리고 있다.

미안하다, 치이야. 생각 같아서는 그쪽으로 가서 꼬옥 안아 주면서 '괜찮아, 다 잘 될 거야.' 같은 마법 같은 말이라도 해 주고 싶지만…….

리허설을 할 때, 자기 자리에 대기하지 않으면 나중에 벌을 내린다고 세희가 협박했거든.

[힘내기. 치이는 혼자가 아니니까.]

봐라. 치이의 친우인 페이조차 어쩔 수 없이 눈물을 닦으며 바라보기만 하고 있잖아.

뒤에 숨긴 손에 안약이 보이는 건 기분 탓이겠지.

"꺄우-우-우우! 페이는 왜 그렇게 느긋한 거예요?!"

치이가 낮게 비명을 지르며 페이 쪽을 향해 몸을 돌렸다.

그때.

"은혜 갚기가 끝날 때까지 오라버니는 나만의 것! 알기 쉬운 츤데레, 까치 요괴 치이!"

레슬링 선수를 소개하는 것 같은 세희의 목소리가 끝남과 동시에 치이의 앞을 가로막고 있던 벽이 **사라졌다.**

이미 리허설 때 봤지만, 정말 요술이라는 건 신기하단 말이지.

"아우? 꺄우-우-우우?!"

덕분에 한 눈 팔고 있던 치이는 크게 당황한 것 같지만.

페이 쪽을 바라보고 있던 치이는 급박한 상황 변화를 받아 들이지 못하고 무대 쪽으로 고개를 돌렸다가, 이쪽을 바라봤 다가, 다시 무대를 바라보고는…….

"자, 잘 부탁드리는 거예요!"

허리를 깊숙이 숙이며 인사를 했다.

그리고.

"우와아아아아아아!"

나조차 귀를 막을 만한 커다란 함성 소리가 터져 나왔다. 평소라면 큰 소리에 약한 치이를 걱정했을 테지만 지금은 괜찮다. 이런 사태를 상정한 세희가 치이에게 너무 큰 소리는 작게 들리게 되는 요술을 걸어 줬거든.

그건 그렇고 말이야.

"실물 쩔어! 짱 귀여워!"

"아우우우 해 봐! 아우우우!"

"바보냐, 넌! 오라버니! 오라버니라고 불러 줘!"

"마사지! 저도 마사지하게 해 주세요!"

함성들 사이사이에 들려온 이상한 소리는 도대체 뭐야?

치이가 무대 앞쪽으로 걸어갔기에 표정이 보이지는 않지만, 분명 엄청나게 부끄러워하고 있겠지.

"다음으로!"

세희 녀석, 즐기고 있는 것 같다.

"귀여운 여동생은 언니가 지켜 주마! 세계 최강 시스콘, 흑호님!"

"흥! 누가 시스콘이라는 것이느냐, 누가."

냥이가 새침한 표정으로 설득력 없는 소리를 태연하게 내뱉었다. 하지만 그것도 잠시. 담뱃대를 입에 무는 동시에 냥이는 근엄한 표정을 짓고서는 느긋하게 앞으로 걸어갔다.

냥이가 무대에 나서자 이번에는 다른 의미의 함성이 무대를 울렸다.

"흑호님! 흑호님! 저 기억하시나요?! 400년 전에 구해 주셨던 늑대입니다!"

"지금까지 섭정 대리를 맡아 주셔서 감사했습니다!"

"흑호님께서 날 보셨어! 날 보셨다고!"

"멍청아! 네 뒤에 있는 호랑이님 포스터를 보신 거겠지!"

옛날에 우리 집 앞에서 시위할 때도 느꼈지만 말이지. 저 녀석 인기 끝내주네, 진짜.

"이어서 세 번째!"

그러니까…… 이번에는 페이 차례였지.

"요괴넷의 요정! 악플러의 천적! 하지만 그 실상은 단순한 폐인이자 니트, 까마귀 요괴 페이!"

페이는 벽이 사라지자마자 바로 무대에 나섰던 다른 아이들과 달랐다.

당당하게 자신의 자리에 선 채, 고개를 삐딱하게 들고는 한쪽 팔을 들어 관객들을 가리키며 연기로 글을 쓴 거다.

[너희들, 강등당하고 싶음?]

그리고.

"페이, 페이, 페이! 페이, 페이, 페이!

호오! 호오! 호오! 헤이! 헤이! 헤이!"

랑이에게 가장 어울리는 옷은 무엇?

"페이, 페이, 페이! 페이, 페이, 페이!

 호오! 호오! 호오! 헤이! 헤이! 헤이!"

"페이, 페이, 페이! 페이, 페이, 페이!

 호오! 호오! 호오! 헤이! 헤이! 헤이!"

반복적인 음률에 맞춰서 크게 소리 지르며 검은색 형광봉을 앞뒤로 흔드는 사람들을 볼 수 있었다.

뭐야 저건, 무서워.

더 무서운 건 그들에게 손을 흔들어 주며 무대 위로 나서는 페이였지만.

……페이야, 너 인터넷 아이돌이었니? 혹시 이상한 방송 같은 거 하는 건 아니지?

"자!"

세희의 목소리에 정신이 되돌아왔다. 다음 출연 순서에 따라, 나는 고개를 오른쪽으로 돌렸다. 나래가 미소로 맞이해 주는 순간.

세희의 소개가 계속 되었다.

"폭력녀라는 이름은 옛날이야기! 너를 마조히스트로 세뇌해 주마, 나래대장경 서나래!

미소가 사라졌다.

"응. 오늘은 옛날처럼 해야겠네."

저는 보았습니다. 무표정이 되어 무대 위로 나서는 나래가 가슴골에 손을 집어넣고서는 웅녀의 뼈 몽둥이를 꺼내는 것을요.

그 때문인지는 모르겠지만 아까와 같은 관객석의 열광적인 반응은 없었다. 아, 물론 반응 자체는 있었다. 두려움에 벌벌 떠는 것도, 신음 소리를 흘리는 것도, 울음을 터트리는 것도 일종의 반응이니까.

"두려워하실 것 없습니다. 나래님은 물지 않으니까요."

세희에 한해서는 뭐라고 말해야 할지 모르겠지만.

"어디 한번 확인해 봐!"

"와 보시지요."

무대 위에서 나래와 세희가 한 편의 액션 영화를 찍었다.

잠시 후.

"죄송합니다. 잠시 진행에 문제가 있었군요. 그럼 다음 출전 자를 소개하겠습니다."

승자, 세희가 말했다.

"이번에는 아야 님이시군요. 나오시기 바랍니다."

……명백하게 텐션 낮은 세희의 목소리와 함께 아야의 앞을 가로막고 있던 벽이 사라졌다.

"키이잉? 뭐, 뭐야, 이 어리둥절아? 나만 왜 그래? 나는 소 개 같은 거 안 해 줘?"

당황하면서도 무대로 나서는 아야를 보며 관객석에서 웅성 거리기 시작했다.

"어? 저 애는 누구야?"

"모르는 요괴인데."

"공기 아니야?"

아야가 울상이다.

"키이이잉……."

일반 요괴들에게 있어서 아야는 드러날 일이 없었으니까 그럴 만도 하지만…… 그래도 너무한 반응 아닐까.

"자, 그럼."

아니, 지금 아야를 걱정할 때가 아니다.

"오래 기다리셨습니다!"

세희의 목소리가 다시 높아졌으니까.

자. 이제 이곳에 남은 건 나밖에 없다. 나는 심호흡을 하며 마음의 준비를…….

"하렘을 이루기 위해 왕이 된 사나이! 그것이 바로 나! 로리콘의 왕, 강성훈!

해 봤자 소용없구만!

세희의 소개를 빙자한 독설과 함께 벽이 사라졌다. 벽 너머로 얼핏 보이던 무대 위에는 이미 나선 아이들이 있었고…….

그 너머로 객석을 가득 채운 각양각색의 요괴들이 보였다. 그들이 나를 바라보는 시선도 각양각색이었다. 그중 가장 비율이 높은 것은 아마도 무관심과 적의일 것이다. 하지만 나는 요괴들 사이에서 분명하게 느낄 수 있었다.

작지만 확연히 느껴지는 호의를.

가족들이 보내는 응원의 시선과 다른, 생면부지의 타인이 보내 주고 있는 호의를!

그렇기에 나는 한 발자국, 앞으로 나설 수 있었다. 한 발자국, 한 발자국. 그렇게 무대 앞으로 나섰을 때.

세희가 내게 눈짓을 주었다.

아, 맞다. 나도 다른 아이들과 같이 뭔가 리액션 같은 걸 보여 줘야 하지. 그걸 위해 리허설 때 준비한 대사도 있었다. 하지만 지금 내 머릿속은 랑이의 머리카락만큼이나 새하얗게 되어 있다.

이런 큰 무대에 선 건 처음이니까. 이렇게 많은 사람들의 시선을 받는 건 처음이니까. 그럼에도 세희의 시선은 계속해서 나를 재촉했다.

나는 어쩔 수 없이 말했다.

"어, 그러니까……."

좌중이 조용해졌다. 심장 뛰는 소리가 들릴 정도로 말이야. 요괴들은 숨소리조차 내지 않고 내가 무슨 말을 할지 기다리기 시작했다.

미치겠네. 적막 덕분에 긴장이 최고조로 달한 나는, 결국 생각하는 것을 그만두고 말았다.

그리고 말했다.

"됐고, 빨리 집에 가서 랑이 뱃살 훑고 싶다."

3초가 지난 후.

객석에 터져 나온 소리는 환호성도 아니고 야유성도 아니었다.

"우와아아아……."

그저 질렸다는 느낌이 가득한 소리뿐. 나를 바라보는 객석에 앉은 요괴들의 시선에 한심함만이 가득하다.

거기서 끝나면 다행이지.

"성훈아, 너 집에 가면 내 방으로 바로 와. 잠깐 이야기 좀 해."

"……정말 대단하신 거예요. 이런 곳에서도 그런 말을 할 수 있다니. 오라버니는 진짜진짜 로리콘인 거예요."

[캐릭터적으로는 맞지만 그래도 여기서 할 이야기는 아니지 않음?]

"나, 지금 아빠 얼굴 보고 화 안 낼 자신 없으니까 며칠 동안 거타지 아저씨네 돌아갈게."

"지, 지금 누구 뱃살을 핥는다고 하였느냐?! 이 메주처럼 겨울 내내 매달아 놓을 녀석 같으니라고!"

"주인님, 거기까지 말씀해 달라고 부탁드린 적은 없습니다만…… 참 잘하셨습니다. 시대의 흐름을 읽을 줄 아시는군요."

가족들의 비난에 내 마음이 꺾여 버렸다.

저기, 나 이제 집에 가도 되지? 나, 더는 못 하겠는데.

"자!"

세희는 보내 줄 생각이 없는 것 같다.

"요괴의 왕이신 주인님의 마지막 등장으로 출전자의 소개가 모두 끝났습니다. 여러분들께서는 각자 자리에 가 주시기 바랍니다."

세희의 말에 나는 몸을 돌려 무대의 옆에 따로 마련되어 있는 출전자 자리에 가서 앉았다. 출전자 자리라고는 하지만

300분 토론 같은 곳에서 쓰이는 말발굽 모양의 책상과 의자다. 미리 정해 둔 대로 가장 중앙의 사회자석을 제외하고 한쪽에는 나와 나래와 치이가, 반대쪽에는 치이와 아야와 냥이가 앉았다.

거기까지 확인한 세희는 고개를 끄덕이고서 말했다.

"드디어 이 무대의 주인공을 소개해 드리는군요."

객석이 웅성거리기 시작했다. 그것은 기대의 소리. 나는 내일도 아닌데 기뻐져서 자연스럽게 미소 짓게 되었다.

"전 요괴의 왕, 그리고 현 요괴의 왕의 중전 마마."

"성훈이는 내 거거든?"

나래가 남에게 들리지 않을 만큼 작게 중얼거렸다. 그래도 저에게 들렸다는 거는 은근히 어필을 하고 계신다는 거죠. 압니다, 알아요. 여기가 우리 집이었다면 바로 애정 표현 들어갈 만한 부분이라는 거.

"그야말로 모든 요괴들의 아이돌! 모든 이에게 사랑받으시기에 합당하신 분! 나와 주시지요, 호랑이님!"

세희의 소개가 끝나는 순간. 무대의 조명이 모두 꺼졌다.

산속 깊은 곳의 어두운 밤이기에 사물을 밝히는 것은 밤하늘에 떠있는 달빛과 별빛밖에 남아 있지 않았다.

요괴들이 당황하여 웅성거리기 시작할 때.

은은한 빛이 하늘의 무대를 비치기 시작했다. 이곳에 있는 모두가 그 빛에 이끌리듯 위를 바라보았다.

그곳에는 투명한 유리 바닥에 서 있는 랑이가 있었다. 달빛보다 조금 더 빛나는, 하지만 너무 눈부시지 않은 은빛을 받으며.

그저 그곳에 서 있었다.

언제나 입는 평범한 옷, 언제나 보던 랑이였지만…… 나는 잠시 동안 숨을 쉬는 걸 잊을 정도로 그 모습에 넋이 나가고 말았다.

아름다운 랑이가 한 발자국씩 계단을 밟고 무대 위로 내려왔다. 랑이가 계단을 모두 내려올 때까지, 그 누구도 입을 열지 않았다. 그러는 것이 당연하다는 생각이 이곳을 지배하고 있는 듯했다.

무대에 선 랑이가 세희에게 손을 내밀었다. 세희는 허리를 굽히며 두 손으로 랑이에게 새 마이크를 건넸다. 마이크 봉이 하얀색 바탕에 검은색 줄무늬가 들어간 것을 보면 세희가 랑이 전용으로 준비해 둔 것 같다.

랑이가 마이크를 잡고 숨을 들이마시고서는 팔을 쭉 뻗어 관객석의 가장 먼 곳을 가리키며 말했다.

"뒤에 있는 아해들도 잘 보이느냐?!"

그 순간.

약속이라도 했다는 듯이.

"만세, 만세, 만만세!"

모든 요괴들이 그 자리에서 절을 하며 외쳤다.

덕분에 나도 제정신을 차릴 수 있었다. ……어, 그래. 일단 요괴의 왕은 나인데 말이야. 나도 저런 거 해 주면 조금 기분 좋았을 거야. 아니, 질투하는 건 아니야. 부러운 거지.

"에헤헷, 부끄럽지 않느냐. 이곳에는 즐기기 위해 온 곳이 아니느냐? 다들 고개를 들거라."

랑이 님이 말씀하시니 그대로 되었도다.
―나와 호랑이님 1장 1절 말씀―

이런 이상한 생각을 할 정도로 모든 요괴들이 랑이의 말 한마디 한마디에 따르고 있다.

이렇게 보니까 피부에 와 닿는다. 나한테 있어서 랑이는 귀엽고 사랑스러운, 그리고 내가 사랑하는 여자아이지만…….

요괴들에게 있어서 어떤 존재인지.

그러거나 말거나, 랑이는 랑이지만.

"오늘은 말이니라! 내게 가장 어울리는 옷을 성훈이와 검둥이와 나래와 치이와 페이와 아야가 골라 주는 날이니라! 그리고 점수를 매겨서 승자를 결정하느니라!"

랑이의 말에 객석에서 환호성이 울러 퍼졌다.

"너희 아해들의 반응도 점수에 반영되니 잘 부탁하느니라!"

랑이가 마이크를 관객석 쪽으로 향하는 순간. 요괴들이 한목소리 한뜻이 되어 외쳤다.

"내 목숨을 호랑이님에게!"

……너희들, 하루 만에 용케 구호 같은 걸 잘 정했구나. 힘

이 강한 것이 정의라고 생각하는 요괴들이지만 이런 거에는 단결력이 정말 끝내주는군.

아니, 오히려 그렇기에 이렇게 잘 된 걸까.

뭐가 정답일까 고민하고 있는 사이, 랑이는 세희에게 마이크를 돌려주고 무대를 가로질렀다.

그 끝에 기다리고 있는 건, 이 무대를 만든 귀신의 성격을 알 수 있는 랑이 전용 자리였다.

사극을 봤다면 알겠지만, 옛날에 왕이 너무 어렸을 때 수렴청정을 하는 경우가 있지? 왕의 뒤에 발을 늘이고 앉아 정치를 하잖아?

랑이가 앉는 자리를 그거와 똑같이 만들어 놨다.

앞에 용상이 있는 것까지.

······그 의미는 알아서 생각해 주기를 바란다.

세희가 나에게 보내는 메시지인지, 아니면 요괴들에게 보여주기용인지 나는 모르겠으니까.

속을 알 수 없는 귀신이 랑이에게 받아 든 마이크를 비단으로 만든 쿠션 위에 내려놓은 뒤 공중에 둥둥 띄우고는 투명한 유리 상자에 집어넣고서 말했다.

"참고로 이 마이크는 모든 행사가 끝난 뒤, 오늘 참석해 주신 분들 중에서 추첨을 통해 선물로 드리겠습니다."

그 순간.

무대가 떠나갈 것 같은 함성이 터져 나왔다. 정말 가지가지 한다, 가지가지해.

"자 그럼. '호랑이님에게 가장 어울리는 옷은 무엇?!' 그 화려한 막을 올리겠습니다!"

세희의 말대로 이벤트는 이제 막 시작했건만, 내 정신력은 바닥이 보이기 시작한 기분이군.

이벤트의 진행 순서는 다음과 같다.

먼저 한 명이 랑이에게 가장 어울릴 것 같은 옷과 그 이유에 대해서 말한다. 그러면 나머지 사람들은 그 의견에 동의, 혹은 이의를 표하며 그에 따른 이유를 말한다. 그리고 그 결과, 4명 이상의 동의가 있어야 랑이가 그 옷을 입고 무대 위로 나오게 된다. 그 후, 관객의 반응과 참가자들의 점수를 합친 뒤 우승자를 정한다.

참고로, 4명 이상의 동의가 필요한 이유는 다음과 같은 냥이의 주장 때문이었다.

"어떤 놈의 음심 때문에 우리 흰둥이가 이상한 옷을 입을 수도 있지 않느냐!"

그렇게 딱 잘라 말하며 나를 바라보는 냥이의 눈빛은 장난이 아니었다. 완전히 살인자의 눈이었어.

여동생을 아끼는 마음은 이해하지만, 아무리 나라고 해도 다른 사람들한테 냥이가 말한 '이상한 옷'을 입은 랑이를 보여주고 싶은 마음은 없다.

그런 건 나 혼자 볼 거니까.

그런 의미에서, 이번 이벤트의 요주의 인물은 내가 아닌 폐이와 아야다.

우리 가족 구성원의 양심이자 상식인**이었던** 나래는 걱정할 필요가 없다. 이게 만약 나에게 옷을 갈아입히는 이벤트였다면 검정 삼각팬티에 나비넥타이라는, 정말 기묘하고 미묘한 복장을 하게 되었겠지만…… 다행히도 랑이의 옷을 고르는 거니까 미풍양속에 어긋나지 않고 귀여움을 돋보이는 옷을 고르겠지.

냥이는 말할 필요도 없다. 천금보다 자기 여동생을 아끼는 녀석이 랑이에게 이상하거나 노출도 높은 옷을 입힐 리가 없으니까.

그런 의미에서 치이도 마찬가지. 치이는 신뢰와 안심이라는 단어가 잘 어울리는 오라버니를 생각 많이 해 주는 착한 아이다. ……요즘 들어서는 조금 이상한 쪽으로 많이 나갈 때가 있지만.

하지만.

[때는 왔다. 요괴들이여, 내가 돌아왔다.]

이상한 글을 쓰면서 검은 연기를 풀풀 내뿜으며 쿡쿡거리고 있는 폐이라든가.

"키히힝~ 뭘 골라야지 재미있을까~"

앞으로 돌린 꼬리를 입가에 살랑살랑거리면서 장난기 넘치는 미소를 짓고 있는 아야는 다르다.

저 녀석들, 후환이 두렵지도 않은 건가.

"탐색전이 한창이시군요."

누구도 의견을 제시하지 않고 생각에 잠긴 것을 보고 있기 지쳤는지 세희가 난입했다. 관객들이 지루하지 않게 빨리 아무나 의견을 제출하라는 오라를 온몸으로 풀풀 풍기고 있다.

"아우, 아우우우……."

그리고 이런 압박에 제일 약한 치이가 불안해하다가, 결국 가장 먼저 손을 번쩍 들었다.

"저, 저는…… 랑이에게 가장 잘 어울리는 옷은…… 그러니까……."

제대로 생각도 안 하고 일단 손부터 들었는지, 치이가 말을 제대로 끝마치지 못하고 귀 위 머리카락만 열심히 파닥인다. 도와줄까 싶어 손을 움직이려는 그때.

"그, 그런 거예요!"

치이가 짝 박수를 쳐서 모두의 이목을 끌며 이것만큼 좋은 의견은 없다는 듯이 자신의 생각을 외쳤다.

"유치원복! 유치원복인 거예요!"

내 머릿속에 노란색 유치원복을 입고 모자를 쓴 채 작은 가방을 등에 메고 있는 랑이가 그려졌다.

……응. 확실히 어울린다. 엄청 잘 어울릴 것 같지만 말이야. 그래도 전 요괴의 왕인데 이렇게 많은 요괴들 앞에서 유치원복을 입은 모습을 보여 줘도 되는 거냐?

그런 내 생각에 답하듯이, 관객석에서 열광적인 함성이 터져 나왔다.

"최고다, 치이 짱!"

"호랑이님의 유치원복이라니! 살아 있어서 다행이야!"

"치이를 국회로!"

대환영이네.

……요괴들이 다 이런 건 아니겠지. 나는 반쯤 질려서 슬쩍 이 자리에서 가장 발언력이 강한 녀석을 바라보았다.

냥이는 담뱃대를 입에 물고서 뻐끔뻐끔 회색 연기를 내뿜으며 생각에 잠겨 있었다. 꼬리가 쉴 새 없이 움직이는 것을 보니 내면에서 심각한 갈등이 일어나고 있는 눈치다.

랑이의 유치원복을 보느냐. 아니면, 자기 여동생의 권위를 살려 주느냐.

"나는 찬성."

그런 사이에 나래가 손을 들어 올리며 말했다. 세희가 자연스럽게 나래의 옆으로 다가가 질문했다.

"왜 그렇게 생각하십니까?"

"랑이가 반만 년을 살아온 요괴의 왕이었다고 해도, **귀여운 어린애잖아?** 어린애는 어린애다운 옷을 입어야 잘 어울린다고 생각해."

나는 눈치채고 말았다. 지금의 나래가 무슨 생각을 하면서 저런 말을 한 건지.

나래는 랑이의 어린 외관을 부각시킴으로써 내게 경각심을 주려는 거다.

하지만 나래야…… 랑이가 저런 모습으로 있는 건 단순히 내가 어린 모습을 좋아한다고 생각하기 때문이야. 지금 당장

랑이에게 가장 어울리는 옷은 무엇?

이라도 어른 모습으로 변할 수 있다고.

……내가 랑이의 어린 모습에 만족하게 되는 날이 언제 올지는 잘 모르겠지만.

"그렇습니까? 꽤나 속 보이는 말씀 감사합니다."

내가 깨달은 사실을 세희가 모를 리 없다. 세희는 관객석에서 보이지 않게 나래를 찌릿 노려본 뒤, 주위를 둘러보면서 말했다.

"다른 의견은 없으십니까?"

아야가 손을 들었다.

"쿵. 나도 괜찮은 것 같아, 이 진행 중독아."

세희의 시선을 그대로 받은 아야가 살짝 꼬리털을 부풀렸지만, 이내 손으로 쓰다듬으며 말을 이었다.

"저 밥보는 어려 보이는 것도 어려 보이는 거지만, 공부는 하나도 안 했잖아? 그동안 잠만 잤으니까. 키히힝, 그러니까 이번 기회에 유치원복을 입고 유치원부터 다니는 게……."

탁!

냥이의 담뱃대가 책상을 내리쳤다. 그것은 작은 소리였지만 이 장소에 있는 모든 이를 조용하게 만들기에는 충분한 크기였다.

아야가 살짝 겁에 질린 눈치로 냥이에게 말했다.

"흐, 흑호님은 왜 그러는데?"

"왜 그러는데? 발효되다 만 매실 같은 녀석이 지금 몰라서 묻고 있느냐?"

냥이의 기세가 꽤나 흉흉하다. 내가 분위기를 가라앉히기 위해 손을 들려는 찰나, 냥이가 말했다.

"우리 흰둥이가 아무리 공부와 척을 두었다고는 한들, 유치원은 아니느니라! 글씨도 읽고 쓸 줄 알고, 덧셈과 뺄셈 정도는 할 줄 아느니라! 그런데 유치원이라니! 초등학교라면 모를까!"

……아, 그러십니까. 하긴, 아야가 없는 말을 지어서 한 것도 아니고 폄하한 것도 아니니까. 냥이 입장에서는 랑이에 대한 잘못된 사실을 말했다는 사실에 화가 난 것 같다.

그런 의미에서 고개를 끄덕이고 있자니, 아야가 약간 어이없어 하는 목소리로 말했다.

"그, 그래."

"흥!"

자기가 지금 무슨 말을 했는지도 모른 채 팔짱을 끼고 잘난 척을 하고 있는 냥이는 내버려 두자.

"그러면 다음으로 의견을 표명하실 분은 누구십니까?"

내가 손을 들기에 앞서, 페이가 연기로 만든 손이 높이 들렸다.

[찬성. 귀여움은 정의니까.]

페이의 글을 보고 열광적으로 페이, 페이, 페이! 라고 외치는 녀석들은 집으로 돌아가 줬으면 좋겠다.

"그렇다면 찬성 3표가 나온 시점에서 다수결의 원칙으로 안주인님께 유치원복을 입히는 것이 결정되었습니다. 주인님, 냥이 님. 혹시 반대 의견을 가지고 계시고, 다른 분들을 설득하실 생각이시라면 발언 기회를 드리겠습니다."

세희의 말에 나와 냥이는 동시에 고개를 가로저었다.

"……."

그게 또 마음에 들지 않는지 냥이가 나를 노려본다. 야, 이건 내 잘못만은 아니야.

"그렇습니까? 그럼 실례."

세희가 진행석에서 연기처럼 사라졌다.

동시에 무대의 커다란 화면에 나와 아이들이 아닌 랑이가 앉아 있는 자리가 비추어졌다. 그곳에는 언제 그쪽으로 갔는지 모를 세희도 있었다.

"그러면 안주인님. 잠깐 실례하겠습니다."

"응, 알겠느니라."

그리고 세희가 손가락을 튕기자 어느새 랑이의 옷은 유치원복으로 갈아입혀져 있었다. 발에 가려서 잘 보이지는 않지만 확실하다.

요술이라는 거, 참으로 유용하군.

유치원복으로 갈아입은 랑이에게 세희가 여기서는 들리지 않을 목소리로 뭔가를 말한 것 같다. 랑이가 고개를 끄덕이자 세희가 마이크에 대고 말했다.

"안주인님. 무대로 가 주시겠습니까."

랑이가 고개를 끄덕이고서는 발을 걷어 올리고 앞으로 나왔다.

내가 본대로 랑이는 유치원복을 입고 있었다. 노란색 상의에 팔랑이는 흰색 치마를 입고, 발목까지 올라오는 흰색 양말과 노란색 신발을 신고 있다. 가슴 왼쪽에는 호랑이를 귀엽게 본 따 만든 명찰에 흰색 종이에 검은색 글씨로 호랑이반 랑이라고 적혀 있다. 머리에는 챙이 달린 원형 모자를 쓰고, 한쪽 손에는 신발주머니를 들고 있다.

음, 랑이야. 네 미래의 남편이 될 사람으로서 이런 말을 하면 안 될 것 같지만……

너, 진짜 잘 어울린다.

그렇게 생각한 사람은 나뿐만이 아닌지 관객석에서 오오오오~ 하는 감탄이 흘러나왔다.

"후우우…… 다행인 거예요."

그 소리를 듣고 치이가 가슴에 손을 얹고 안도 어린 한숨을 내쉬었다. 급하게 말한 것치고는 반응이 좋아서 안심한 것 같다.

그런 가운데 랑이가 무대 가운데까지 나가서는 세희에게서 전용 마이크를 받아 들고 말했다.

"으냐아~ 너무 어려 보이는 것 같아서 복잡한 마음이긴 하지만, 너희들이 보기에는 어떠하냐? 잘 어울리느냐?"

크나큰 환호성이 그 답이었다.

"아해들이 좋아하니 나도 좋구나."

이번에는 랑이가 이쪽을 바라보았다. 나래는 고개를 끄덕였고, 치이는 박수를 쳤고, 페이는 엄지를 추켜올렸고, 아야는 팔짱을 끼고서 고개를 휙 돌렸고, 냥이는 엄청나게 긴 렌즈를 달고 있는 사진기로 열심히 사진을 찍고 있었다.

나? 나는 표정에 생각이 다 드러나니까.

랑이에게 가장 어울리는 옷은 무엇?

"응!"

랑이도 내 생각을 읽었는지 환하게 미소 지었다.

"그러면 유치원복을 입어 보았으니 한 곡 뽑아 보겠느니라."

그리고 랑이는 귀여운 율동과 함께 노래를 불렀다.

"꽃밭에는~ 꽃들이~ 모여 살고요~ 우리들은~ 지리산에
~ 모여 살아요~ 랑이 유치원~ 랑이 유치원~ 착하고 귀여운
아해들의 꽃동산~"

""""""픕!!""""""

냥이를 제외한 모두가 동시에 뿜고 말았다.

나쁜 의미가 아니다. 노래도 잘 부르고 율동도 완벽하게 소
화한 랑이를 보면서 그런 생각을 할 수 있는 사람이 있을 리
가 없으니까.

하지만! 랑이가 유치원복을 입고 동요를 부를 거라고는 생
각도 못 했다고!

그리고 반응을 보면 알겠지만 나만 그렇게 생각한 게 아니다.

"크크크크큭."

랑이가 노래를 부르는 동안 나래는 아예 책상 위에 엎드려
서는 책상을 두드리며 웃었고.

[박제감. 이건 박제감.]

폐이는 휴대폰을 꺼내서는 뭔가를 열심히 적었다.

"너무, 너무 어울리셔서, 풋, 곤란할 정도인 거예요."

두 손으로 얼굴을 가린 치이의 귀 위 머리카락은 격렬히 파
닥였으며,

"키히히히힝~!"

아야는 랑이를 손가락으로 가리킨 채 발을 휘저으며 폭소했으니까.

나? 나는 처음에 웃은 다음에는 그저 열심히 랑이의 애교 어린 춤과 노래를 지켜보았다. 그리고 그건 나만큼 랑이를 사랑하는 팔불출 언니도 마찬가지였다. 아니, 지금은 나보다 더 하군. 지금 저 녀석의 눈에는 랑이밖에 보이지 않을 테니까.

"후우……."

랑이가 노래를 끝내자 관객석에서 우레와 같은 함성과 박수 소리가 터져 나왔다. 그제야 진정할 수 있게 된 아이들은 심호흡을 하며 마음을 다스렸다. 이제 막 첫 순서가 끝난 거니까.

잠시 휴식 시간을 가진 뒤.

"그러면 다음 의견을 내실 분은……."

세희의 말이 채 끝나기도 전에 페이가 연기로 만든 손을 번쩍 들었다. 세희가 살짝 인상을 찌푸렸지만 장소와 상황에 따라 넘어가기로 했는지 낮은 한숨을 내쉬어, 페이가 몸을 움찔 떨게 만든 뒤 말했다.

"……말씀해 보시지요, 페이 님."

[응.]

너무 겁주지 마라. 글씨가 날아가고 있잖아.

심호흡을 통해 마음을 진정시킨 페이가 글을 썼다.

[치어리더복이 최고일 것 같음.]

페이의 글을 본 순간, 머릿속에서 치어리더복을 입은 랑이의 모습이 떠올랐다. 소매가 없고 배꼽이 보이는 짧은 상의와 팔랑거리는 치마를 입은 랑이가 응원 수술을 팔랑거리며 춤을 추는 장면이 말이야.

음.

랑이가 치어리더복을 입게 된다면 스포츠 브래지어는 필수로군.

그 점만 확실하게 하면 정말 어울릴 것 같다. 활발하고 건강한 랑이의 이미지에 딱 맞는다. 무엇보다 랑이는 존재 자체만으로 사람을 기운 나게 해 주니까. 이만큼 성격과 외모, 분위기에 딱 맞는 선택도 없을…….

"안 됩니다."

세희가 딱 잘라 말했다.

야, 너 사회자가 갑자기 끼어들어도 되냐?

[?!]

페이도 깜짝 놀랐는지 두 눈을 동그랗게 뜨며 입을 살짝 벌린 채 글을 썼다.

[어째서?]

"이미 한 번 입으셨기 때문입니다."

……언제?

다들 똑같은 생각을 하고 있을 때 세희가 말을 이었다.

"잘 어울리신다는 것은 부정할 수 없습니다만, 이 자리에 오신 분들에 대한 서비스적인 차원에서 받아들일 수 없습니다."

세희의 말에 관객석에서 우레와 같은 박수와 환호성이 터져 나왔다. 창귀님은 요괴의 마음을 안다, 라고 외치는 요괴는 도대체 뭐 하는 녀석이야?

그보다 너희들은 언제 본 건데? 나도 못 본 랑이의 치어리 더복을?!

[실수했음…….]

회심의 발언이 허투로 돌아간 것에 대한 충격 때문인지 폐이가 고개를 푹 숙였다.

하지만 폐이는 그 정도로 무너져 내릴 마음 약한 녀석이 아니었다. 이내 고개를 획 든 폐이는 기세등등한 얼굴로 자리에서 일어나서 세희를 향해 팔을 쫙 펴며 글을 썼다.

[그렇다면 운동복!]

그 글을 읽는 순간 머릿속에서 하나의 그림이 떠올랐지만, 나는 잠시 곱게 접어 두기로 했다. 지금 자신의 주장을 펼칠 상대를 잘못 고른 녀석이 있으니까 말이야.

폐이야, 지금 세희는 사회자고, 네 주장에 의견을 말하는 건 우리들이란다.

세희도 그렇게 생각했는지, 고개를 절레절레 젓고는 손바닥으로 이쪽을 가리키며 말했다.

"어떻게 생각하십니까?"

가장 먼저 손을 든 건 치이였다.

"운동복도 잘 어울릴 것 같은 거예요."

"왜 그렇게 생각하십니까?"

"그, 그건⋯⋯."

이유까지 물어볼 거라고는 생각 못 했는지 치이가 귀 위 머리카락을 파닥이며 허둥거리기 시작했다. 단순히 페이가 한 주장이니까 친구로서 편을 들어준 건 아니겠지. 그런 이유라면 다른 애들은 몰라도 안주인님바라기와 여동생 바보, 이 두 녀석은 가만히 있지 않을 거다.

특히 냥이는 지금 먹이를 노리는 호랑이처럼 번쩍번쩍거리는 눈으로 치이를 바라보며 무슨 말을 할지 기다리고 있다. 마치 압박 면접을 보는 것 같은 상황에서 치이가 고개를 푸욱 숙이며 힘없는 목소리로 말했다.

"아우우우⋯⋯ 그, 그냥 잘 어울릴 것 같은 거예요. 랑이는, 그러니까, 화, 활발하니까요."

침묵이 잠시 흘렀다. 개미 기어가는 듯한 치이의 "아우우우⋯⋯." 소리가 확실하게 들릴 정도다. 덕분에 세희의 실망한 목소리는 그 어느 때보다 확연하게 들렸다.

"그렇습니까. 그렇다면 다른 분들의 의견은 어떠십니까?"

추욱 가라앉은 치이를 위해서라도 여기서는 내가 나서서 분위기를 바꾸자.

"어울릴 것 같은데?"

"안주인님께서 넝마를 입어도 예뻐 보이실 주인님께서 그리 말씀하시니 설득력이 없군요."

"그건 당연하잖아."

사실을 말했는데 어째선지 관객석에서 야유가 터져 나왔다.

"정숙."

세희가 손으로 주먹을 쥐어 요괴들을 조용하게 만든 뒤 내게 말했다.

"괜찮으시다면, 운동복이 안주인님께 어울릴 거라고 말씀하신 이유를 들을 수 있겠습니까."

나는 말했다.

"거창하게 이유라고 말할 건 없고 말이야. 운동복이라는 말을 듣자마자 떠오른 게 있거든."

나는 고이 접어 두었던 그림을 폈다.

"한번 떠올려 봐. 초등학교에서 운동회를 연 상황이야. 팀을 나눠서 승부를 겨루고 있고, 경기는 이제 이어달리기만 남아 있어. 점수 차이는 별로 나지 않아서 이번에 1등으로 들어온 팀이 우승하는 상황. 승부는 치열하고 이제 마지막 주자만 남아 있어. 그때 검은색 반바지에 흰 티셔츠를 입고, 머리에 푸른색 띠를 두른 랑이가 레일 위로 나서는 거야. 랑이의 황금보다 아름다운 눈동자는 승부에 대한 열망으로 진지하게 빛나고 있지. 조금이라도 더 빨리 달리기 위해서 가볍게 스트레칭을 한 뒤, 전 주자에게 바통을 받는 순간! 랑이가 누구보다 빠르게 달리는 거야. 그 모습에 모두들 응원의 목소리를 높이고, 마침내 랑이가 누구보다 빨리 결승골에 들어왔을 때! 누가 먼저라고 할 것 없이 모두들 랑이의 이름을 부르며 환호성을 지르게 돼. 무릎에 손을 대고 몸을 숙인 채로 격한 숨을 고르던 랑이는 그 환호성에 이끌리듯 허리를 펴고 자신의 이름을 부르는 곳을 향해 고개를 돌려. 그리고 기뻐하는 아이들을 보며 쑥스러워하다가, 이내 고개를 가로젓더니 자랑스럽게 가슴을 펴고 씨익 웃으면서 손으로 브이를 그리는 거야."

나는 한 번 숨을 쉰 뒤, 말했다.

"어때. 어울리지 않아? 응?"

어째서인지, 관객석에서 박수가 나왔다. 아니, 관객석뿐만이 아니다. 세희와 아이들마저 나를 향해 박수를 치고 있다.

"……이건 인정할 수밖에 없구나."

심지어 냥이마저도.

다만 뭐랄까…… 박수를 받는데도 그렇게 기쁜 기분은 들지 않는다. 기분 탓인지, 인간을 뛰어넘은 존재에 대한 경외로 가득한 박수 소리 같아서 말이지.

랑이가 운동복으로 갈아입고서 내 의견이 틀리지 않았다는 것을 증명한 후.

차례차례 랑이에게 어울릴 옷에 대한 의견이 나왔고, 나래의 동물 잠옷과 아야의 카우보이 복장에 대한 의견에 대해서는 반대 없이 다수결을 통과할 수 있었고, 옷을 갈아입고 무대 위로 나온 랑이의 귀여운 모습에 다들 기뻐하는 모습을 볼 수 있었다.

……어째서인지 평상복이 가장 어울린다는 내 말은 만장일치로 기각되었지만.

심지어 랑이마저도, "……싫어하는 것은 아니지만 오늘은 좀 아닌 것 같으니라"라고 말했지.

어쨌든, 이제 남은 것은 단 한 명.

'여동생이 진짜진짜 좋아서 눈에 넣어도 아플 것 같지 않아' 님이다.

처음부터 계속해서 고심에 빠져 있던 냥이는 단 한 번도 손을 들지 않았고, 그렇기에 마지막의 마지막까지 남게 되었다.

랑이에 대한 애정 때문이라고 보기에는 그 표정이 점점 심각하게 변했기에 조금 걱정이 된다. 무대 뒤에 있을 때 왜 그러냐고 물어볼 걸 그랬나.

"이제 남으신 분은 냥이 님뿐이십니다."

세희의 말에 냥이는 눈썹을 찌푸리며 담뱃대로 책상을 두드리며 말했다.

"재촉하지 말거라. 불 조절을 제대로 못 해 태워 버린 과자 같은 녀석아."

그와 달리 세희는 뭔가 알고 있다는 듯이 눈웃음을 지으며 살짝 기분 좋아 보이는 목소리로 말했다.

"그러면 기권하시겠습니까?"

"네놈……."

냥이가 분한 듯이 노려보는 것과 동시에.

"으냐앗?"

자기 자리에 앉아 있던 랑이가 발을 걷어 올리고서는 이쪽을 향해 고개를 내밀고서는 소리쳤다.

"안 되느니라! 나는 검둥이가 골라 준 옷도 입어 보고 싶으니라! 검둥이는 내 언니이지 않느냐? 분명 검둥이가 골라 준 옷이 내게 가장 잘 어울릴 것 같단 말이니라!"

랑이의 착한 심성에서 나온 말이라는 것은 안다. 그런데 왜 이렇게 내 마음이 아픈 걸까.

그와 달리 세희는 지금 상황을 즐기는 티가 너무 많이 난다.

"안주인님께서는 저리 말씀하시는데…… 어떻게 하실 겁니 까, 냥이 님?"

아, 물론 어디까지나 내 눈에 그렇게 보인다는 거다. 세희를 잘 모르는 사람들은 모르겠지.

"하아……."

세희의 도발에 냥이는 깊게 연기를 들이마시고는 내뿜었다.

그 연기는 희었다.

"좋다."

그렇게 말한 냥이가 어째서인지 나를 노려본다.

"네 놈은 절대로 착각해서는 안 되느니라. 아니, 착각하면 죽일 것이니라. 아직 너는 준비가 안 되어 있으니."

나를 어리둥절하게 만든 냥이가 자리에서 일어나서 발을 들 어 올리고는 이쪽을 보고 있는 랑이에게 다가갔다.

"응? 왜 그러느냐, 검둥아?"

"들어가 보거라. 내가 생각한 옷은 내가 직접 입혀 줄 것이 니."

냥이와 랑이가 안쪽으로 들어가자 이쪽뿐만이 아니라 관객 석에서도 술렁거리는 소리가 들렸다. 도대체 뭘 입히려고 저러는 거지?

아니, 그보다 지금 룰 위반 아닌가? 왜 너는 다수결도 없이 바로 갈아입히는데? 언니의 특권이냐? 그렇게 따지면 나한테도 예비 남편 특권이 있어야 되는 거 아니야?

그렇게 투덜거리고 있을 때, 발이 올라갔다.

그전에.

세희의 마음대로 커진 이 이벤트가 시작될 때 말했지만, 랑이가 앉아 있던 자리는 조선 시대의 사극에서나 나올 법한 용상의 뒤편이다. 즉, 무대와의 높이 차이가 있고 그 사이에 계단이 있다는 말이다.

그 계단 위에 불붙은 부적 하나가 춤추듯 내려앉았다. 불붙은 부적은 이내 기다란 하얀색 카펫으로 변해 무대를 반으로 갈랐다.

도대체 뭘 하려고 저렇게 멋을 들이나 생각할 때.

연거푸 불붙은 부적이 마치 불나비처럼 무대 위로 날아들었다. 이윽고 자기 자리를 찾아간 부적들은 각각 화려한 빛의 폭죽처럼 터지더니, 장식으로 변해 무대를 꾸몄다.

……아.

그제야 나는 깨달았다. 냥이가 왜 그렇게 고심을 했는지. 지금 무엇을 하려고 하는지. 랑이에게 입히려는 옷이 무엇이었는지.

그 사실을 안 건 나뿐만이 아니었다. 아니, 한순간에 변한 무대를 본다면 어린애라도 알 것이다.

냥이의 요술은, 단순한 무대를 결혼식장으로 바꾸었으니까.
그리고.

마지막으로 불타오른 부적은, 발을 순백의 레이스가 달린 화사한 커튼으로 바꾸었다.

새하얀 커튼의 뒤에 있는 것은.

순백의 웨딩드레스를 입은 랑이였다.

"⋯⋯."

나는 숨을 쉬는 것을 의식해야만 했다. 그렇지 않으면 웨딩 드레스를 입은, 아름답다 못 해 신비롭기까지 한 랑이에게 빠져들어 숨 막혀 죽을 것 같았으니까.

은빛 머리카락을 곱게 땋아 올려 하얀색 깃털로 고정시켰기 때문일까. 아니면 곡선을 드러내는 웨딩드레스의 라인 때문일까. 그것도 아니라면, 가슴 아래에 두 손을 모아 소중히 들고 있는, 신부의 증표라 할 수 있는 부케 때문일까. 이곳에서도 확연히 보이는 랑이의 달아오른 두 뺨 때문일까. 복숭아처럼 빛나는 입술 때문일까.

그 이유를 모르겠다. 하지만 확실한 건, 이 자리에 있는 모두가 랑이에게 시선을 빼앗겼다는 사실이다.

⋯⋯그래서 나는 나중에야 눈치챘다.

랑이와 팔짱을 끼고 있는 턱시도 차림의 냥이를.

"야, 야 인마!"

나는 깜짝 놀라서 자리를 박차고 일어나 손가락질을 하며 냥이를 향해 외쳤다.

"그건 내가 입어야 할 옷이라고!"

내 목소리가 들렸겠지만, 냥이는 꼬리 하나 까딱하지 않았다. 어딘가 아련한 표정으로 차분히 한 걸음씩 앞으로 내딛으며 랑이를 바라볼 뿐이었다.

저, 저 자식?

"남자의 질투는 추한 법이지요."

"넌 이럴 때도 남의 속을 긁고 싶…… 아니, 잠깐!"

이상하다. 나와 랑이가 결혼하는 걸 목표로 삼고 있는 세희가 왜 저런 말을 하지?

"이렇게나마."

내 의문에 대답해 주겠다는 듯이 세희가 말했다.

"냥이 님께서 마음의 준비를 하실 수 있는 기회가 생기는 것도 좋지 않겠습니까."

응?

무슨 소리를 하는지 몰라 눈만 깜빡이고 있자니 옆에서 아야가 한숨을 쉬며 말했다.

"……혹시, 아빠. 결혼식이 어떻게 진행되는지 모르고 있어?"

그제야 나는 깨달았다. 웨딩드레스를 입은 랑이의 아름다

랑이에게 가장 어울리는 옷은 무엇?

움에 넋이 나간 나머지 간과한 사실을.

신부의 안내는 신부의 아버지가 한다.

그리고 랑이에게 있어 그 자리에 있어 줄 상대는 냥이밖에
없다.
그 사실을 깨닫자 냥이의 모습이 조금 전과는 다르게 보였다.
"물론, 요즘에는 신부와 신랑이 같이 입장하는 경우도 많지
만 말이죠."
……다시 다르게 보이려고 한다.
그러는 사이, 랑이는 무대의 끝에 도착했다. 잠시 끝에 서
서 이 자리에 모인 요괴들을 둘러보던 랑이는.
"어떠하느냐? 잘 어울리느냐?"
조금 전까지 주위를 압도했던 신비로운 분위기를 밝은 목소
리로 벗어 버렸다.
그제야 관객석에서도 여러 가지 반응이 터져 나왔다.
호랑이님은 못 준다는 말.
너무나 잘 어울린다는 말.
천사 같다는 말.
훌쩍이며 울먹이는 소리.
각양각색의 반응에 랑이는 볼을 긁적이며 말했다.
"으, 응. 그래도 좋아하는 것 같으니 다행이니라. 그런데……."
랑이가 말했다.

"도대체 이건 무슨 옷이느냐?"

시간이 멈췄다.

심지어 옆에 있던 냥이조차 살짝 놀란 눈으로 랑이를 바라보며 그대로 굳어 버렸다. 그런 사실을 눈치채지 못했는지 랑이는 이리저리 자신의 옷차림을 둘러보며 말을 이었다.

"웨…… 웨딩 드라스? 드라이스? 그런 옷이라는데, 예쁘기는 하지만 도대체 언제 입는 건지 잘 모르겠느니라."

어버버버버버버버버…….

말이 나오지 않아 입만 벌리고 있자니, 세희가 이마를 짚으며 조심스럽게 랑이에게 말했다.

"……정말 모르시는 겁니까, 안주인님?"

랑이는 너무나 확실하게 고개를 끄덕였다. 세희의 눈썹이 꿈틀거렸다.

"냥이 님에게…… 물어보시지 않으셨습니까?"

"물어보려고 했는데 말이니라, 검둥이가 이상하게 심각한 표정이라 못 했느니라."

지금 이 자리에 모인 사람과 요괴들은 모두 한마음 한뜻이 되었다.

"하아아아아……."

인간과 요괴가 하나되어 내쉰 한숨 소리를 마지막으로 내가 주최한 이벤트는 그 막을 내리게 되었다.

"응? 왜, 왜 그러느냐? 아해들아, 왜 그러느냐? 내가 말을 잘못하였느냐? 히이잉, 아무나 좀 말을 해 주거라아아~"

혼자 울상이 된 랑이를 남기고서 말이지.

짜투리 이야기

"귀신에게 홀리신 기분은 어떠십니까."

익숙한 목소리에 나는 정신을 차리고 뒤를 돌아보았다. 평소와 다름없는 모습의 세희가 두 손을 공손히 모으고 내 뒤에 서 있었다. 그런 주제에 입가에는 삐뚤어진 미소를 짓고 있는 게, 이런 말 하기는 싫지만 잘 어울린다.

"정말 홀린 기분인데."

나는 의자를 뒤로 돌려서 세희를 정면으로 바라보며 말했다.

"방금 그건 뭐야?"

파일을 여는 순간, 내가 한 적 없는 일들이 마치 한 편의 영화를 보는 것처럼 눈앞에 떠올랐다.

세희가 말했다.

"주인님께서도 이해하실 수 있도록……."

내가 질문한 상황에서 이러는 건 좋지 않다는 걸 알면서도, 나는 손을 들어 세희의 말을 막았다. 세희가 살짝 눈썹을 꿈틀거렸지만 나는 아랑곳하지 않고 말했다.

"그 주인님 소리 좀 안 하면 안 되겠냐?"

영, 익숙해지지가 않는단 말이지.

"주우우우우우이이이이이이이인니이이이이임께서도 이해하실 수 있도록 설명해 드리자면."

……말을 말자.

"주인님을 기다리고 있는 미래입니다."

……랑이를 만나고 난 뒤. 정말 많은 일을 겪기는 했지만 이렇게 당황한 적은 없을 거다.

"그, 그게 뭐야?!"

"요술을 놓고 턴을 종료하겠습니다."

"아직 네 턴이야! 요술 타령하지 말고 제대로 대답해! 나를 기다리고 있는 미래라니, 정말 저런 일이 일어나는 거야?"

"하아…… 알겠습니다, 주인님."

세희가 어깨를 으쓱거리며 말했다. 정말 많은 이야기를.

내가 이렇게 말하는 건, 세희의 말을 조금도 이해할 수 없었기 때문이다.

"……쉽게 좀 말해 주면 안 되냐?"

분명히 한국어인데 말이야. 이해가 안 된다. 마치, 어머니께서 가지고 계신 법전을 들여다봤을 때와 같은 기분이었다고.

"정말정말 쉽게 말씀드리자면, 요술로 미래의 일을 점쳐 본 것이기에 확신은 할 수 없습니다. 점은 어디까지나 점이니까요."

아. 그렇군. 알 것 같다.

이 녀석이 어려운 단어로 설명한 건 나를 놀리기 위해서였다는 걸.

"그러면 점은 왜 쳤는데?"

"제가 예측할 수 없는 만약의 상황에 대비하고자 일종의 보험을 준비해 보고 싶었습니다. 쓸모는 없었지만 말이죠."

세희가 말을 이었다.

"그러니 너무 진지하게 받아들이실 필요는 없습니다. 주인님께서 그 파일을 보셨으니 같은 일을 벌일 리도 없지 않습니까?"

세희의 눈은 웃고 있었다.

"내 귀에는 네가 어떻게든 똑같은 일이 일어나도록 수를 쓰겠다는 말로 들리는데?"

"기분 탓입니다."

"정말 기분 탓일까?"

"시간이 흐르면 알게 되겠지요."

절대로 부정하지 않는다는 게 세희다운 면이다. 더 이상 파고들어 봤자 내 정신 건강만 안 좋아질 것 같기에, 다른 것을 물어보기로 했다.

"그런데 냥이는 왜 같이 있는 거야?"

세희가 소매로 입가를 가리며 말했다.

"오히려 제가 묻고 싶군요. 주인님께서는 안주인님의 친언니인 냥이 님과의 사이를 원만하게 만들 생각이 없으신 겁니까?"

······할 말이 없군. 내가 해야 할 일이긴 하니까.

미래의 나여, 도와줘! 난 어떻게 해서 냥이와 사이가 좋아진 거냐?!

너도 화목해 보이지는 않았지만, 지금의 나보다는 나아 보이니까 묻는 거다!

"그런 것보다."

세희가 내 멍청한 망상을 지워 버리며 말했다.

"제가 점친 미래의 일은 더 이상 보지 않으시는 것이 좋을 것입니다. 가능성에 불가한 일을 확정된 미래라 생각하시게 되면, 거기에 얽매일 수 있으니까 말이죠."

무슨 말이지는 모르겠지만 진지하게 말하는 세희를 보니 이번에는 입 다물고 따르는 게 좋을 것 같다는 생각이 들었다.

하지만.

"무엇보다 그 폴더 안에는 미래에 대한 일만 있는 것이 아니니까 말이죠."

오랜만에 불만 없이 네 말을 따르려고 했는데 불안해지게 왜 그러냐?

"……그러면?"

"잘 보시면 주인님께서 관심을 가지실 만한 과거의 일을 기록해 둔 파일들도 있습니다."

사악하게 미소 짓는 세희를 보니 그래서는 안 될 것 같다. 응, 그럴 줄 알았어. 네가 나 좋으라고 일을 벌일 리 없지.

그 폴더에 뭐가 있는지 알아내는 것으로 호기심은 채웠다. 조금 신경 쓰이는 파일명이 있긴 하지만, 지금부터는 자기 보신을 할 때다.

"아니, 괜찮……."

내가 사양하려는 순간.

드르륵, 문이 열리며 잠에 취한, 너무나 사랑스러운 목소리가 들려왔다.

"흐아아암~ 성훈아, 나 일어났느니라. 같이 놀…… 응? 지금 뭘 하고 있는 것이느냐?"

세희의 미소가 짙어졌다.

어린 성훈과 어린 나래의 이야기

　짜증 나. 짜증 난다.

　왜 소풍 같은 걸, 그것도 혼자서도 자주 놀러 오는 어린이 공원으로 와야 하는지 모르겠다. 이건 분명히 아이들을 돌보기 귀찮아하는 부모들의 꼼수 중 하나일 것이 분명하다. 소풍을 보내서 체력을 방전시키는 계획인 거다. 그러면 집에서는 피곤에 지쳐 산책 나갔다 온 개처럼 조용히 있게 되니까.

　"참새~"

　"짹! 짹!"

　"고양이~"

　"냐옹! 냐옹!"

　"강아지~"

　"멍! 멍!"

　그 계획을 완성시키기 위해 개처럼 구르고 있는 선생을 보고 있자니 슬퍼서 눈물이 난다. 저 나이를 먹고 애들을 끌고 다니면서 같이 멍멍이니 냐옹냐옹이니 짹짹이니, 그런 소리를 용케 하네. 내가 어른이 된 뒤, 저런 일을 하라고 하면 차라리 혀 깨물고 죽을 거야.

"성훈아."

지금도 혀 깨물고 죽고 싶지만.

이 녀석하고 손을 잡고 있다는 점에서.

선생들은 소풍에 나오는 동안 조금이라도 자기들이 편하기 위해 두 명씩 짝을 이루라고 강요했다.

그 결과.

유치원의 문제아인 나는 유치원에서 가장 나를 귀찮게 만드는 녀석과 짝이 되어 버리고 말았다.

서나래라고 있어. 귀찮게 구는 여자애.

"성훈아, 성훈아, 성훈아."

나래는 내가 못 들어서 대답을 안 한다고 생각했는지, 점점 내 귀에 가까이 다가오며 말을 걸었다.

내 청력에 문제가 생기면 어쩌려고 이러는 거야?

나는 나래의 반대쪽으로 머리를 피하며 대답했다.

"아, 왜."

최대한 내가 지금 너를 귀찮아하고 있다는 것을 드러내면서.

"왜 선생님 말에 대답 안 해? 대답해야 하는 거잖아?"

"반항하는 게 록이니까."

아빠가 집에서 하던 말을 그대로 말해 본다. 물론, 무슨 말인지는 모른다. 애초에 아빠가 하는 말은 이해할 수 있는 게 거의 없으니까.

"뭐야, 그게. 이상해."

나래가 고개를 갸웃거리며 웃었다.

얘는 도대체 뭐가 좋아서 웃는지 모르겠다. 속도 없나.

"그래도 그러면 선생님이 싫어하실 거야."

검지를 세우며 아는 척 하는 나래의 손가락을 잡아서 뒤로 꺾어 줄까 싶었지만, 하지 않는다. 예전이라면 모를까, 이제는 나래하고 싸우는 건 최대한 피하고 싶으니까.

"괜찮아. 내가 안 해도 다른 애들이 열심히 하고 있잖아."

그렇게 말하고 있는 도중에, 선생이 다시 한 번 나라면 집에 돌아가 이불 속에 누웠을 때 발길질을 열심히 할 만한 소리를 했다.

"오리는~"

"꽥! 꽥!"

"돼지는~"

"꿀! 꿀!"

나래는 나하고 이야기를 하다 말고 오리 울음소리와 돼지 울음소리를 흉내 냈다.

그러고 보니 아빠가 쓴 글에 여자애가 돼지 울음소리를 내는 걸 보고 남자애가 좋아하는 부분이 있었지. 그때는 이해를 못 했는데 실제로 들어보니까……

이해를 못 하겠다.

어른들은 왜 그런 걸 좋아하는지 모르겠다. 나도 나이가 들면 알 수 있을까?

"이번에도 안 했어."

제발, 날 좀 가만히 놔둬라. 주위 어른들에게 흐뭇한 시선을 받으며 걷는 것도 짜증 나 죽겠는데. 거기다 뭐야, 저 성격 더럽게 생긴 아저씨는? 전혀 이런 곳에 어울리지 않는데. 왜 날 째려보는 거지?

아니, 아니다. 내가 남의 시선에 좀 민감해서 착각했네. 내가 아니라 나래를 보는 거였다.

……그러니까 저런 사람을 뭐라고 하더라. 선생한테 배웠는데.

아, 그래. 변태다. 변태가 틀림없다. 경찰한테 신고해야 하는 거 아닐까.

"내 말 듣고 있어?"

갑자기 들려온 큰 목소리에 나는 깜짝 놀랐다.

"씨발! 깜짝 놀랐잖아!"

나도 모르게 입에서 튀어나온 말에 나래가 인상을 찌푸렸다. 그것만이라면 다행이겠지만, 잡고 있는 내 손바닥을 손가락으로 간질인다.

야, 야. 하지 마.

"그런 말 안 쓰기로 약속했잖아."

나는 나래의 손을 꽉 잡는 거로 손가락 장난질을 못 치도록 만든 뒤 말했다.

"약속은 한 적 없거든? 네 멋대로 쓰지 말라고 한 거지."

"하지만 그동안 안 썼잖아."

"쓰면 또 네가 지…… 아니, 난리 치니까."

"그래도 안 쓰기로 했으니까 약속 맞아."

아빠는 가끔 TV를 보면서 이런 말을 한다.

'무적의 논리네.'

그러고서는 상대와 말이 안 통할 때는 아무 말도 하지 않고 앞으로 모르는 척 하는 게 좋다고 가르쳐 줬다.

그래서 배운 걸 써먹어 보았다.

"에헤헷. 내 말이 맞지?"

도대체 뭐가 좋다는 건지 모르겠다. 역시 아빠. 가르쳐 주는 건 쓸모가 없다니까.

"됐어."

나는 정말 나래가 말을 거는 게 귀찮고, 시끄러워서 한 말이었다. 하지만 어째서인지 나래는 꼬마 천사 같이 웃었다.

왜 이러는지 모르겠네.

그게 마음에 안 들어서 나래를 놀리기로 했다.

"그보다 너, 얼굴에 뭐 묻었다."

"어? 진짜?"

나래가 깜짝 놀라서 가방에서 분홍색 바탕에 예쁜 꽃이 그려져 있는 동그란 손거울을 꺼낸다. 딸깍, 하고 손거울을 연 나래는 얼굴을 가까이 대고서 이리저리 확인해 보지만…….

애초에 묻은 게 아무것도 없는데 보일 리가 있나. 하지만 나래는 자기 눈을 믿지 못하고 계속해서 이리저리 둘러본다.

덕분에 걸음이 느려졌고, 뒤에서 따라오는 애들하고 거리가 좁혀진다. 농담이라는 말을 하기 전에 부딪힐 것 같기에, 나는 나래의 허리의 뒤에 손을 대고 슬쩍 앞으로 밀었다.

"아."

나래가 놀라서 손거울에서 눈을 떼고 나를 본다. 나는 시선을 피하며 말했다.

"뒤하고 부딪힌다고."

나래가 손거울을 집어넣으며 뒤를 돌아보았다. 뒤의 아이들이 괜찮다고 손을 흔든다. 다시 나를 향해 고개를 돌린 나래가 말했다.

"고마워, 성훈아."

그래?

"참고로 얼굴에 뭐 묻었다는 건 거짓말이었다."

"엣? 진짜? 어쩐지 아무것도 안 보이더라."

나래가 입술을 삐쭉 내밀었다.

"성훈이, 거짓말쟁이."

"그걸 이제 알았냐."

"다음에도 거짓말 하면 혼낼 거야!"

내가 거짓말을 하지 않는 날은 오지 않을 것이기에, 나는 먼 산을 바라보았다.

그보다 도대체 언제까지 걷는 거야? 너무 힘 빼놓으려는 거 아니야? 이제 좀 쉬었으면 좋겠는데 말이야. 우리들이 아직 어린애라는 거 잊은 건 아니지?

내가 그런 생각을 하고 있는 동안에도 선생의 인도는 계속 되었고, 내가 두 다리에게 휴식을 줄 수 있었던 것은 한참을 더 걸어서 꽃이 피어 있는 나무 아래에 도착해서였다.

그, 단단했던 게…… 깁스, 깁스 맞을 거다. 깁스를 벗은 지 얼마 안 된 나한테는 꽤 힘든 길이었다.

허리를 숙여 약간 저릿저릿한 종아리를 만져 보고 있자니, 선생의 목소리가 들려 왔다.

"나무에 핀 꽃이 정말 예쁘죠?"

"예에~!"

기운도 좋아라. 그리고 너. 귀 아프니까 옆에서 그렇게 크게 소리 치지 마.

"성훈아, 대답. 대답."

꾹꾹, 옆구리 찌르지 말고.

대답하지 않으면 계속 찌를 것 같은 기세기에 나는 조금 늦긴 했지만 나 나름대로 선생의 질문에 대답했다.

"예~에~ 차아암~ 이뻐 죽겠네요~ 이뻐 죽겠어."

늦게 대답한 덕분에 내 목소리는 그대로 선생에게 들렸을 거다. 확실해. 저 미묘하게 일그러진 표정을 보면 알 수 있어.

'저 애, 귀찮아! 짜증 난다고!'

같은 생각을 하고 있는 게 눈에 보인다. 정말, 어른이면 표정 관리 정도는 좀 해 줬으면 좋겠다. 돈 받고 하는 일이잖아?

"이 나무는 벚나무라고 해서……"

돈값을 하기 위해서인지, 선생이 벚나무에 대한 이야기를 시작했다. 아이들이 흥미를 잃지 않도록 노력하는 모습을 보니…….

눈물겹다. 돈을 벌려면 저렇게 노력을 해야 하는구나.

아빠는 만날 술이나 처마시고 벽에다 머리 박고 이상한 춤이나 추면서 돈을 버는 것 같던데.

"성훈아, 선생님이 말씀하시잖아. 안 들어도 돼?"

아, 귀찮다.

"무슨 소리인지 알 수가 있어야지."

열심히 설명을 하고 있는 선생의 표정이 미묘하게 일그러졌다.

들렸어요? 미안요. 들으라고 한 말은 아니었어요. 그리고 설명이 어렵다는 말도 아니었고요.

애초에 듣지 않았으니 알 수가 있나.

"선생님이 잘 설명해 주시잖아. 잘 들으면 성훈이도 이해할 수 있어."

나래가 귀찮아서 들어 주는 척을 하며 고개를 들어 벚꽃을 본다.

살 대로 살았는지 벚꽃 한 송이가 떨어져 내린다. 나는 손을 들어 벚꽃을 받아 들었다.

"와~ 예쁘다."

나래가 몸을 이쪽으로 들이밀며 손바닥 위에 내려앉은 벚꽃을 구경한다. 땅에 떨어진 것들도, 아직 붙어 있는 것들도 많은데 왜 이렇게 달라붙고 지랄…… 아니, 난리야.

"그렇지, 성훈아?"

나래는 나에게 그렇다, 라는 말이 듣고 싶어 하는 눈치였지만, 나는 예전에 아빠가 벚꽃을 보고 했던 말이 떠올라서 다른 말을 했다.

"달만 뜨면 되겠네."

"응? 달? 달은 왜?"

나래가 고개를 갸웃거리며 물어보기에 사실 그대로 말했다.

"나도 몰라. 그런데 아빠가 벚꽃 보면서 달만 뜨면 대박이라고 말했어."

나래가 곰곰이 생각하다가 아, 하고 고개를 끄덕였다.

"달하고 같이 벚꽃 보면 예뻐서 그런 거 아닐까?"

"그런가?"

"응! 그럴 거야!"

……그런 것치고는 그때 아빠의 표정이 음흉했었던 것 같았지만.

"나중에 꼭 같이 보러 가자!"

내 잠자는 시간을 늦춰서 키가 안 크게 만들려는 음모를 꾸미고 있는 나래 때문에, 아빠의 표정에 대한 의문점은 머리 한 구석으로 치워 버렸다.

"……."

그런데 선생은 왜 아까 전부터 잘하던 설명은 멈추고 나를 보고 있는 거지?

그러거나 말거나, 나는 나래와 잡담을 하며 벚꽃을 구경하면서 시간을 보냈다.

"어린이 여러분~ 다들 배고프죠?"

그렇다 한들 점심을 먹을 시간까지 보내지는 않았는데.

하지만 지금이 아니면 장소를 찾기가 힘든 건지, 아니면 단순히 자기들이 먹고 싶은 건지, 배가 부르게 만들어서 자기들이 편해지고 싶은 건지, 선생은 제멋대로 자기가 원하는 대답을 듣기 위해 말했다.

"여기서 도시락 먹을까요?"

"예~!"

아이들은 그런 사악한 음모도 모른 채 대답하고, 선생은 만족한 듯 사악한 미소를 지으며 말했다.

"그러면 근처에 있는 운동장에서 도시락을 먹도록 해요. 하지만 운동장은 우리들만 쓰는 곳이 아니죠?"

"예~!"

"그러면 어떻게 해야 좋을까요?"

"조용히 먹어요!"

"흘리면 안 돼요!"

"방해하면 안 돼요!"

"청소를 깨끗이 해야 해요!"

아이들이 경쟁이라도 하듯이 대답한다.

일단 너희들은 조용히 해야 한다는 것부터 배워야 할 것 같다. 그리고 다른 사람, 특히 나 같은 사람을 생각해 줘야 한다는 점도.

"성훈이는 어떻게 하면 좋다고 생각해?"

너 말고, 나래야.

너는 내 전담 선생이냐. 아니면 내 엄마라도 되는 거냐. 왜 그렇게 귀찮게 굴지 못해서 안달인데?

"뭘 어떻게 해. 그냥 입 다물고 밥만 먹으면 되는 거지."

"에?"

왜 그러냐.

"입 다물고 어떻게 밥을 먹어? 성훈이 바~보."

오늘 하루 끈질기게 나를 귀찮게 구는 나래를 보면서 나는 요즘에 내가 잘못한 게 있나 생각해 보았다.

둘 다 피 터지게 싸운 이후. 나는 조금씩이지만 나래의 바람대로 행동하고 있다.

말해 두는데, 하고 싶어서 그런 건 아니야. 옛날하고 달리 괴롭히는 재미가 없고, 오히려 내가 괴롭힐 때마다 주인에게 버림받아서 꼬질꼬질하게 된 강아지를 보는 눈으로 바라보는 게 싫어서 그런 거다.

즉, 나는 지금 유치원에 들어와서 가장 얌전한 한때를 보내고 있다는 말이다.

그런데 말이야…….

왜 나래는 자꾸 나를 못 살게 구는지 모르겠다. 다른 애들한테 인기도 많은 녀석이. 다른 놈들하고 애들처럼 놀 것이지.

"바보~ 바보~"

잠깐 딴 생각을 하는 중에, 나래는 아예 양 볼에 엄지를 대고 손을 움직이며 메롱메롱 놀리기 시작했다.

아, 그러니까 나 말고 다른 놈!

지금 나보고 혓바닥을 잡아서 개처럼 질질 끌어 달라는 거냐? 아니면 턱을 쳐 올려 달라는…….

아, 안 돼. 이런 생각 안 하기로 했지.

말로 하자, 말로.

"내가 왜 바보야? 바보라고 하는 애가 바보야."

옛날의 말버릇과 비교해 보면 너무나 유치하다고 생각하지만, 나래가 상대라면 이 정도가 한계다.

"웃?"

봐. 바보라는 소리에도 날 놀리던 걸 멈추고 볼을 부풀리면서 인상을 찌푸리잖아.

"나, 머리 좋은걸!"

그러고 보니 이 녀석, 자유 시간에 초등학교 교과서를 읽고 있었지. 나는 지금 덧셈 뺄셈 배우는 것도 힘들어 죽겠는데.

"공부 잘하는 바~보."

"바보 아니야~!"

나래가 옆구리를 쿡쿡 찌른다.

아프다. 아프다고. 야, 진짜 아프거든?

"아오, 진짜!"

참지 못하고 확, 하고 주먹 쥔 손을 들어 올렸다.

"힉?"

나래가 어깨를 움츠리며 뒤로 물러난다.

……아차.

나래의 겁먹은 모습에 나는 재빨리 손을 폈다. 할 일 없어진 손이 갈 곳을 찾았고, 거기는 나래의 머리가 되었다.

"어……?"

나는 나래의 머리를 툭툭 건드리며 말했다.

"다음에도 그러면 진짜 화낼 거야."

"응."

나래는 언제 겁먹었냐는 듯, 미소를 지었다. 하마터면 귀찮아질 뻔했는데 잘 됐네.

그런 생각을 하고 있자니, 툭툭, 뭔가가 내 머리를 가볍게 두드린다. 나래다.

"약속 잘 지키네. 우리 성훈이 착하다, 착해."

그러니까 네가 내 엄마라도 되냐고. 우리 둘, 같은 나이란 말이야.

나와 나래가 싸움 일보 직전까지 가거나 말거나, 다른 아이들의 대답에 정신없어 하던 선생이 우리들을 끌고 간 곳은, TV에서 나오는 축구장을 작게 만든 것 같이 보이는, 잔디가 깔려 있는 운동장의 관객석이었다. 각자 자리를 잡고 앉자, 노는 날도 아닌데 운동장에서 공을 차고 있는 아저씨들이 보인다.

저 사람들도 아빠처럼 하는 일이 없는 걸까. 집에서 노는 사람들인데 심심해서 나온 걸까. 그런 것 치고는 흉흉한 분위기를 풍기는 덩치 큰 사람들이 많은 것 같은데…….

뭐, 내가 지금 남 구경할 때가 아니지.

"점심 맛있겠다, 그치?"

기분이 들뜬 나래가 가방에서 분홍색 도시락을 꺼낸다. 옆으로 길고, 3층이나 되는 도시락이다. 나래가 도시락을 한 칸 비워 놓은 의자 위에 펼쳤다.

1층에는 하얀 쌀밥에, 2층에는 소시지와 계란말이, 감자볶음에 닭튀김. 그리고 3층에는 방울토마토나 사과 같은 게 들어 있었다.

아이고, 잘 나셨어요. 그래, 그래. 있는 집 귀한 외동딸이라는 거지.

뭐~가~ 우리 아빠 엄마는 나한테 관심이 없다는 거냐~ 뭐~가~ 똑같다는 거냐~ 뭐~가~ 모를 리가~ 없다는 거냐~

……나는 머리를 흔들었다. 자꾸 나쁜 생각이 드네. 이러면 안 되는데.

"왜 그래?"

귀한 집 따님께서 미천한 저에게 말씀하셨습니다.

"아니, 별거 아니야."

비꼬는 건 그만하자.

"성훈이는 도시락으로 뭐 싸 왔어?"

나래가 기대에 찬 눈동자를 반짝거리면서 나를 본다. 그렇다면 그 기대를 충족시켜 줘야지.

"별거 없어."

나는 낡아 빠진 가방에서 준비해 온 점심을 꺼냈다. 그걸 본 나래가 눈을 동그랗게 뜨고서 이리저리 둘러보더니 말했다.

"……뭐야, 그거?"

내가 놀랄 차례였다.

"몰라?"

"응. 본 적 없어."

고개를 끄덕이며 순진하게 답하는 나래를 보고 있자니 한심해졌다.

아니, 그 나이를 먹고 어떻게 이걸 몰라?

"뭔데? 응? 뭐야, 그거? 알려 줘."

지금 입을 열면 바보라느니, 멍청이라느니, 서민의 친구인 죽창은 아냐? 같은 말이 나올 것 같다. 이럴 때는 아무 말도 안 하는 게 제일이지.

"응, 성훈아. 뭐야? 응? 뭐야, 뭐야? 성훈아~ 알려 줘. 응?"

아, 관두자.

나는 입에서 험한 소리가 튀어나오지 않도록 간단하게 대답했다.

"컵라면이야."

원래는 근처 가게에서 김밥을 사 오려고 했다. 하지만 내가 가지고 있는 돈은 만약을 위해 아껴 둔 천 원밖에 없었고, 아빠는 아무리 잡고 흔들어도 잠에서 깨지 않았다. 방에 가득한 술 냄새를 보아, 깨워도 소용없다는 생각에 주머니와 지갑을 뒤져 보았지만 동전 한 푼도 나오지 않았지. 그래서 선택한 게 컵라면이다. 뜨거운 물은 집에 굴러다니고 있는 보온병에 담아 왔고.

"컵라면?"

안 그래도 동그란 눈동자를 더욱 동그랗게 만들며 나래가
말했다.

"이게 컵라면이야? 나, 잠깐만 봐도 돼?"

컵라면이 그렇게 신기하냐? 난 집에 쌀 없고 밥 없고 돈 없
으면 먹는 게 이건데.

그런 말은 속으로 삼키며 나는 고개를 끄덕였다.

"와…… 나, 컵라면 처음 봐. 진짜 신기하게 생겼다."

삼킬 수 없었다.

"넌 슈퍼도 안 가냐?"

최대한 말을 골랐지만.

"응."

나래가 순진한 미소를 지으며 고개를 끄덕였다.

"혼자 나가면 위험하다고 해서 못 가 봤어."

뭐가 위험한지 모르겠다.

"준호 아저씨하고 같이 가자고 하면 되잖아?"

준호 아저씨는 유치원까지 나래를 데려다주는 아저씨다. 우
리 아빠하고는 달리 멋있는 아저씨라, 같이 다녀도 부끄럽지 않
을 텐데, 이상하게 나래는 살짝 기운이 빠진 목소리로 말했다.

"아저씨도 바쁘니까."

……이 녀석은 떼를 써 본 적도 없는 게 아닐까. 나래 같이
예쁜 애가 뭐 좀 같이 해 달라고 하면 헤벌쭉해서 다 들어주
려는 게 어른들일 텐데.

나는 아니지만.

나는 예전에 아빠한테 술 좀 그만 마시고 같이 놀아 달라고 방바닥에 드러누워 울면서 떼쓴 적 있다. 그리고 아빠는 그걸 보면서 박수치며 웃었지.

'우하하핫! 잘한다, 성훈아! 그래! 애는 그렇게 떼를 쓸 줄 알아야지! 그래, 그게 맞는 거야! 하하하하하!'

문제는 결국 놀아 주는 일은 없었다는 거지.

그 후로 난 아주 조금이나마 어른이 됐다.

아, 맞다. 어머니께는 해 본 적 없다. 왜인지 모르겠지만, 해서는 안 된다는 느낌이 강하게 들어서 말이야.

그건 그렇고.

나래가 귀찮게 구는 건 짜증나지만, 풀 죽어 있는 모습을 보자니 왠지 모르겠지만 화가 난다. 그래서 나는 나래의 기분을 풀어 주기로 했다.

"바~보."

풀이 죽은 것보다는 조금 화를 내는 게 좋지.

"왜 내가 바본데?"

"남 걱정하느라 자기가 손해 보는 건 바보라고 아빠가 말했어. 그러니까 나래는 바보야."

왜일까. 나는 좋은 말을 한 것 같은데, 나래가 나를 보는 시선이 진흙탕에서 뒹굴고 있는 아끼는 인형을 보는 것 같이 변한 이유는.

"그러면 나 바보 맞아. 응. 계속 바보로 있을래."

나래의 속을 모르겠다. 기분은 풀린 것 같아서 다행이지만.

"것보다 컵라면 다시 줘. 나도 밥 먹어야 하니까."

"응."

나래에게서 돌려받은 컵라면의 뚜껑을 따고, 보온병에서 물을 부었다.

……분명히 주전자에서 부을 때는 팔팔 끓는 뜨거운 물이었는데, 김이 별로 안 난다. 그새 다 식은 거야? 나중에 어머니께 보온병도 하나 사야 한다고 말씀드려야겠다. 지금은 그냥 먹을 수밖에 없겠지만.

나는 컵라면 뚜껑을 닫고 그 위에 나무젓가락을 올려놓았다.

지금부터는 나 자신과의 싸움이다. 이제 나는 3분 동안 뚜껑을 열어 보고 싶은 마음, 그리고 덜 익혀서 먹고 싶은 욕망과 싸워야 해.

"……안 먹어?"

그런 것도 모르고 나래가 말을 걸어온다.

"컵라면은 물을 넣고 3분 후에 먹는 거야."

"와…… 그렇구나. 몰랐어. 그러면……."

나는 잽싸게 나래가 할 말을 끊었다.

"그러니까 기다리지 말고 먼저 먹어."

"에~? 왜? 나, 성훈이하고 같이 먹고 싶은데."

포크 숟가락을 입에 물고서 투정을 부린다.

그러니까! 그런 건! 아빠, 엄마나 아저씨한테 하라고!

"컵라면은 금방 먹으니까."

나래가 먼저 먹으면 대충 시간이 맞아떨어질 거다.

"그래? 그러면 내 도시락 같이 먹자."

왜 이야기가 그렇게 되는지 모르겠다.

"아니, 그건 네 거잖아. 네가 먹어야지."

"난 성훈이하고 같이 먹고 싶어."

"그러니까……."

"안 돼?"

울상을 짓기 바로 일보 직전에 멈춘 표정으로, 나래가 나를 협박했다. 나래 성격상 울지는 않을 테지만…….

다시 말하지만, 나는 나래가 침울해진 모습을 보면 이유 모를 화가 난다.

"……마음대로 해."

"와아!"

두 손을 번쩍 드는 것으로 끝나지 않고, 이내 박수까지 치는 나래를 보고 있자니 왜일까.

가슴이 따뜻해지는 기분이 든다.

아직 컵라면은 국물도 안 마셨는데.

밥을 먹은 뒤.

우리들은 선생을 따라서 동물원으로 가고 있다.

"……왜 그렇게 화났어?"

"화 안 났어."

그래. 화난 게 아니야. 설마 전 재산을 털어 산 컵라면을 나래가 빼앗어 먹을 거라 생각하지 못했기에, 기분이 매우 나쁠 뿐이다.

무, 물론 나도 나래의 도시락을 먹긴 했지만!

소시지 두 개랑 계란말이 한 개랑 밥 세 젓가락의 대가가 컵라면의 반이라는 건 건 너무하잖아?!

"내가 뭐 잘못했어?"

나는 팔짱이라도 낄 듯이 달라붙는 나래를 슬쩍 밀며 말했다.

"잘못한 거 없어."

떨어지지 않는다. 생각해 보니, 나래는 나하고 힘이 비슷했지.

"그런데 왜 그렇게 화나 있어?"

거기다 끈질겨서 적으로 삼기에는 너무나 무서운 애다.

"화 안 났다니까."

"지금 눈썹이 이런데?"

나래가 양쪽 검지로 'ㅅ'자를 그린다.

"그런 적 없어."

"봐 봐."

나래가 갑자기 주머니에서 여닫을 수 있는 동그란 손거울을 꺼내 악마를 소환했다.

으악, 내 눈! 내 눈! 거울 속에 악마가 살고 있어!

나는 급히 나래의 손에서 손거울을 빼앗아 닫으려고 했다.

"앗?"

하지만 나는 나래의 반응을 생각하지 못했다. 내가 손을 뻗자 나래가 몸을 돌려 손거울을 숨기려고 했다. 손거울을 꽉 잡고 있지 않은 채.

나래의 손에서 손거울이 춤춘다.

"아, 아앗?!"

쨍그랑.

거울이 깨지는, 이런 상황에서 이런 말을 하는 건 어울리지 않지만, 경쾌한 소리가 들렸다. 나와 나래는 그대로 굳어 버렸다.

"응? 무슨 일이니?"

우리 둘 때문에 걸음이 멈춰서, 혹은 유리 깨지는 소리에 놀란 선생이 이쪽으로 다가오며 걱정스러운 목소리로 말했다. 하지만 나는 그런 거에 신경 쓸 틈이 없었다.

"아……."

나래가 멍하니 깨어진 손거울을 내려다보고 있었으니까.

머릿속에서 내가 할 말이 떠오른다.

부자니까 그 정도는 괜찮잖아?

미안해, 나래야.

뭐 그런 거 가지고 그래?

미안해, 나래야.

그러니까 누가 숨기래?

미안해, 나래야.

미안해, 나래야.

"미……."

"어떡해……."

물기에 젖은 나래의 목소리가 나를 막았다.

"엄마가…… 선물해 준 건데…… 생일 선물로……."

사실 말이야. 솔직히 말할게.

내가 나래의 물건을 못 쓰게 만든 건 이번 한 번뿐이 아니다. 나래의 신발, 인형, 머리핀, 머리 끈, 가방, 연필, 장난감, 책 등등. 정말 셀 수 없이 많은 것들을 망가뜨렸다.

하지만.

지금처럼 마음이 아픈 적은 없다.

지금처럼 가슴 한 구석이 무거워진 적은 없다.

지금처럼 할 말이 떠오르지 않은 적은 없다.

"괜찮니? 나래야, 어디 안 다쳤어?"

어느새 선생이 다가와서 나래에게 물어본다. 나래는 아무 말도 못 하고 이미 깨진 손거울을 내려다 볼 뿐이다.

갑자기 무서워졌다.

나래가 고개를 들었을 때가. 나를 보았을 때가.

너무너무 무섭다.

나래가 화를 낼 것 같아서? 아니야. 그렇다면 차라리 낫다. 혼나면 되니까.

하지만 나래는 화를 내지 않을 거다. 지금도 울음을 꾹 참으면서, 억지로 입가를 끌어 올리려는 모습을 보면 알 수 있다.

나래는 상냥한 아이니까. 나 같은 나쁜 애한테도 손을 내밀어 주는 착한 아이니까.

나래가 고개를 들어 나를 보면, 분명히 내게 이렇게 말할 거다.

'괜찮아, 성훈아. 내 잘못인걸.'

그 말만은 듣고 싶지 않은데, 적어도 내가 먼저 사과를 해야 하는데.

평소와 다른, 내 마음을 모두 드러낼 수 있는 사과의 말을 생각해야 하는데.

나래가 고개를 들었다. 옷소매로 눈가를 쓱쓱 닦고는, 나를 향해 고개를 돌린다.

나래는 내 마음이 아파지는, 슬픈 미소를 짓고 있었다.

"익!"

결국, 나는 그 자리를 견디지 못하고 도망칠 수밖에 없었다.

"서, 성훈아?!"

뒤에서 날 부르는 선생의 목소리를 무시하고서.

말했다시피 어린이 공원은 혼자서도 자주 놀러 오는 곳이다. 집이 바로 근처에 있고, 입장료도 없어서 심심할 때마다 혼자서 놀러 오곤 한다. 그러다 보니 나에게 있어서 어린이 공원은 우리 집 앞마당만큼이나 훤한 곳이다.

[하나 유치원의 강성훈 원아. 강성훈 원아를 찾습니다.]

……그러니까 방송 같은 건 하지 말라고.

저 뒤로 유치원복을 입고서 혼자 다니는 아이가 있으면 바로 연락 달라는 소리가 나오고 있다.

미안. 이미 집에 가서 옷을 갈아입고 왔어.

유치원복은 너무 어린애 같고 눈에 띄어서 말이야. 완전히 어린애 맞지만.

"으아아아……."

시간이 흐르자 온갖 생각이 나를 괴롭힌다.

내가 정말 나쁜 애라고 해도, 구역질 나는 악이 무엇인지는 알고 있다.

그게 바로 나거든.

잘못하고, 사과도 안 하고, 도망을 쳤다.

"완전 쓰레기네, 쓰레기."

이래서야 예전과 달라진 게 없잖아. 거칠게 머리를 헝클어뜨려도 기분이 나아지는 일은 없다.

오히려 내가 싫어지려고 한다.

착해지려고 노력했는데 말이야. 결국 중요한 순간에는 똑같구나.

"하아……."

차라리 옛날처럼 나쁜 애로 있었으면 이렇게 고생하지는 않았을 텐데 말이야.

나는 칸막이에 등을 기대고서 눈을 감았다.

내가 있는 곳은 어린이 공원의 놀이터 안에 있는 코끼리 모양의 미끄럼틀 입구다. 여기는 내가 좋아하는 곳이다. 세 곳이 칸막이로 막혀 있고 높낮이 차가 있어서 아래에서는 잘 안 보이거든.

……혼자 있는 걸 좋아해서가 아니야.

미끄럼틀을 타려고 올라온 아이들의 표정이 나를 보고는 새하얗게 변하는 모습을 보는 것과 친절하게 한 놈씩 미끄럼틀에 거꾸로 밀어 버리는 걸 좋아했거든.

특히 치마 입은 여자애들한테 그런 짓을 하면 반응이 좋았다. 팬티 보였다고 울면서 선생에게 달려가곤 하니까.

응, 그래.

단 한 명, 울지 않고 다시 올라와서 나를 똑같이 미끄럼틀에 집어넣었던 애가 있었지만.

"으아아아아~"

또다시 나래가 떠올라서, 다시금 머리를 붙잡고 아빠를 따라 해 보았다. 머리가 쿵쿵 울리면서 머리가 새하얘지는 것 같은 느낌이 든다.

아, 이래서 아빠가 벽에 머리를 박는 건가? 칸막이는 단단하지 않아서 그다지 아프지도 않고, 계속해 봐야겠다.

"뭐, 뭐 하는 거야?"

그런데.

전혀 생각도 못한 목소리와 함께 뒤에서 내 이마를 붙잡는 두 손이 있었다.

"으어어억?!"

나는 깜짝 놀라서 도망치기 위해 몸을 뒤로 뺐다.

나를 막은 두 손의 주인, 나래가 내 뒤에 있었다는 걸 까먹고서.

"꺅?!"

결국 내가 나래의 배에 뒤통수를 들이박은 꼴이 되었다. 나래는 힘을 이기지 못하고 뒤로 넘어가서 엉덩방아를 찧고 말았다.

"아야야······."

"괘, 괜찮아?"

"으, 응."

인상을 찌푸리며 엉덩이를 매만지고 있지만 크게 다치지는 않은 것 같다.

휴······ 다행이다. 잘못했으면 나래를 또 병원 신세 지게 만들 뻔했어.

······가 아니다.

나래가 왜 여기에? 선생은 어디 간 거지? 주위에 인기척은 없었던 것 같은데?

그것보다, 나 도망쳐야 하는 거 아니야?

생각이 거기까지 되자, 내 몸은 재빠르게 움직이기 시작했다.

"그, 그럼!"

"어딜 가?!"

나래가 더 빨랐지만.

조금 전까지만 해도 엉덩이에 대고 있던 손이, 아빠하고 같이 봤던 다큐멘터리 TV에서 나왔던 연어를 낚아채는 곰같이 움직여 내 발목을 낚아챘다.

"으악?!"

"아."

말 그대로 나래에게 발목을 잡혀 앞으로 넘어질 뻔했지만, 칸막이의 윗부분을 잡아서 최악의 사태만은 막을 수 있었다.

"헉, 헉, 헉, 헉."

깜짝 놀라서 격하게 뛰는 심장은 어쩔 수 없지만.

아무리 사고뭉치였던 나라고 해도 이건 놀랐어. 잘못했으면 얼굴부터 바닥에 박을 뻔했단 말이야!

"괘, 괜찮아?"

"야, 이 썅…… 이 아니라!"

나는 몸을 돌려 나래를 보며 말했다.

"네가 왜 여기 있는데?"

나래가 지지 않고 말했다.

"그건 내가 할 말이야."

"아니, 나야 도망쳤으니까 그렇다 쳐도! 넌? 선생은 또 어디 있는데?"

"다른 애들하고 유치원으로 돌아갔어."

"그러니까 넌 여기 왜 있냐고?!"

"나도 도망쳤어."

"뭐?"

"너 찾으려고 도망쳤다고."

약간 얼이 빠져 있자니 안내 방송이 들리기 시작했다.

[하나 유치원의 강성훈 원아와 서나래 원아. 하나 유치원의 강성훈 원아와 서나래 원아.]

뒤의 소리는 안 들어도 알 것 같기에 신경을 끊었다.

"아이고……."

머리가 지끈거린다. 이 녀석은 왜 이렇게 나를 귀찮게 굴지 못해서 안달인지 모르겠네. 나야, 워낙 사고뭉치에 혼자서도 잘 놀러 다니는 놈이라 상관없다. 하지만 나래는 유치원에 올 때는 준호 아저씨가 데려다주고, 마중도 나와 준다. 유치원 밖에 나갈 때는 언제나 선생님이 동반하고 말이야.

나와는 다르다는 거다. 선생들도 난리가 났겠네.

나는 머리를 긁적이며 나래에게 말했다.

"너, 휴대폰 있어?"

나래가 고개를 저으며 말했다.

"없어."

"부잣집 애가 휴대폰도 없냐?!"

"부자인 거하고 휴대폰은 상관없잖아! 휴대폰은 초등학교 3학년 되면 사 주신다고 했단 말이야."

……아무리 봐도 상관있는 것 같지만, 지금은 중요하지 않으니까 넘어가자.

"그런데 휴대폰은 왜?"

"왜긴 왜냐. 너 데리고 가라고 전화 걸려는 거지."

고개를 왼쪽 오른쪽 흔들흔들 하는 걸 봐서는 내 말을 이해 못한 것 같다.

"같이 가면 되잖아? 유치원까지 가는 길 기억하고 있는걸."

"같이 가기 싫어서 그런 거다. 그리고 유치원 말고 미아보호소로 가는 게 더 빨라."

아까 방송으로 봐선 선생 한 명은 미아보호소에서 기다리고 있을 것 같으니까.

나래가 내 말에 고개를 끄덕였다.

"아, 그러네. 그러면 미아보호소로 가자, 성훈아."

내가 처음에 한 말을 똥구멍으로 처먹었냐, 라는 말이 나오기 전에 입을 틀어막았다.

"응? 왜 그래? 어디 아파?"

머리가 아프다, 머리가. 바른 말, 고운 말을 쓰려고 하니까 머리가 아프다고.

나는 손을 떼고서 깊은 한숨을 쉰 뒤 나래에게 말했다.

"그러니까, 나는 안 간다고 했잖아."

"아!"

이제 알았냐?

"선생님한테 혼날 것 같아서 그래?"

잘못 짚었다, 야.

"괜찮아. 나도 같이 있으니까."

"아니, 그러니까 애초에 난 너 때문에 도망을……."

말을 하다가 깨달았다.

일이 이렇게 된 이유를.

"아……."

나래도 그 일을 기억해 냈는지 침울해졌다.

으으으…… 진짜, 나래의 저런 모습은 보기 싫다. 왠지 모르겠지만 너무너무 보기 싫어. 그러니까 이번에는 제대로 사과하는 거다. 내가 그때 사과를 안 하고 도망쳐서 나래가 나를 찾으러 여기까지 오게 된 거잖아. 거기다 이번에도 사과하지 못하면, 나는 분명 커서 아빠 같은 나쁜 어른이 될 거야.

그렇게 생각하자 내 안에서 용기가 솟아났다.

"나, 나래야!"

"으, 응?"

나는 용기를 내서, 나래의 두 손을 잡았다. 갑자기 손을 잡힌 나래가 몸을 흠칫 떠는 게 손바닥을 통해 느껴진다.

"왜, 왜 그래?"

나래가 얼굴을 붉히며 당황한다.

나는 심호흡을 하고, 살짝 떨리는 나래의 눈동자를 똑바로 바라보며 내 마음을 전했다.

"미, 미안해!"

"……어?"

왠지 모르게 나래는 조금 당황했다. 내가 왜 사과를 했는지 이해를 못 하는 눈치다.

으으으~! 도망치면 안 돼, 도망치면 안 돼, 도망치면 안 돼!

나는 다시 한 번 강하게 마음먹고, 나래에게 말했다.

"손거울 깨뜨린 거, 정말 미안해. 그럴 생각은 없었어. 한 번만 봐줘."

"……아, 그 이야기였어?"

나래는 뭔가 안심하며, 그러면서도 못내 아쉬워했다. 하지만 그것도 잠시. 나래는 이내 미소 지으며 말했다.

"괜찮아. 성훈이가 도망친 거로 충분하니까."

……어, 내가 이런 말하기 좀 그렇다는 건 알지만.

이 녀석, 머리 괜찮은 건가?

나 찾으러 오다가 어디 잘못 부딪혀서 바보 된 거 아니야? 아니면 컵라면을 먹어서 바보가 됐나? 그것도 아니라면 나한테 바보가 옮았나?

내가 이해를 못 하고 있자니 나래가 피식 웃고는 말했다.

"그게, 옛날 같았으면 성훈이는, '부자니까 그 정도는 괜찮잖아?' 나 '뭐 그런 거 가지고 그래?' 나 '그러니까 누가 숨기래?'라고 말했을 거잖아."

등골이 오싹해졌다.

그, 그걸 어떻게 다 맞췄냐? 너, 초능력 있어? 남의 마음을 읽을 수 있는 거야? 그러면 내가 무슨 생각을 하고 있는지도 알고 있으려나?

하지만 다행이도 나래는 초능력자가 아닌지, 내 생각과는 전혀 다른 말을 했다.

"그런데 오늘은 도망쳤어. 그러니까 괜찮아. 응, 성훈이가 조금씩 착해지고 있으니까, 괜찮은걸."

나래의 등 뒤에 하얀색 날개가 펼쳐지는 환상이 보인다. 뭐, 뭐야. 이 녀석. 알고는 있었지만 너무 착하잖아?

이거 등쳐 먹기 좋겠는데?

……가 아니라!

왠지 모르게 부끄러워져서 나쁜 생각이 들고 말았다. 아마도 지금 계속 잡고 있는 손 때문이라는 생각이 든다. 나는 급하게, 그렇지만 너무 티 나지 않게 나래의 손을 놓았다.

"……아."

왜 아쉬워하는지 모르겠지만, 지금 남 생각할 때가 아니다. 지금 내 얼굴은 새빨개져 있을 테니까. 나는 휙 몸을 돌려 먼 곳을 바라보며 등 뒤의 나래에게 말했다.

"어, 어쨌든! 선생이 걱정하니까 너는 이제 돌아가."

"성훈이는?"

나?

나는 주머니에서 아빠한테 받은 시곗줄 없는 시계를 꺼냈다. 아직 오후 2시도 안 됐다. 지금 집에 가 봤자 할 일도 없고, 아빠가 혼자 지랄, 응, 혼자 지랄하는 거나 보게 될 테니 좀 놀다 들어가는 게 좋다.

"난 더 놀다 갈 거야."

"그럼 나도 같이 놀래."

끈끈이보다 더 끈질기다.

어느 정도 화끈거리는 얼굴도 평소대로 된 것 같기에, 나는 몸을 돌렸다.

"너는 돌아……."

나래가 천사에서 고집쟁이로 변해 있었다.

"나도 놀 거야."

이런 표정을 짓는 나래에게는 말이 안 통한다는 걸 알고 있다. 아, 물론 괴롭힘도 안 통하고 주먹도 안 통한다.

"나, 오늘 소풍 진짜진짜, 많이많이 기대했단 말이야. 동물원도 가 보고 싶었고, 놀이공원도 가 보고 싶었어. 그런데 성훈이 때문에 못 가게 됐잖아. 그러니까 성훈이가 더 놀 거면 나도 같이 놀 거야."

가뜩이나 오늘 같이 잘못한 일이 있는 나로서는 답이 없다는 말이지.

"하아……."

나는 온 몸에서 힘이 빠져나가는 걸 느끼며 나래에게 말했다.

"알았어. 같이 놀자."

"응!"

"그전에."

나는 말했다.

"옷은 갈아입고."

눈에 띄는 분홍색 유치원복과 가슴 오른쪽에 달린 이름표를 달고서 놀다가는 바로 잡혀갈 테니까.

나 혼자만이 아니게 됐으니 유치원에도 연락해야 하고 말이야.

집에 들려 나래가 옷을 갈아입는 틈을 타서 유치원에 전화를 하자 바로 원장 선생의 잔소리가 쏟아졌다.

안타깝게도 수화기를 내려놓으니 아무 말도 못 하게 됐지만.

"으~ 바지, 불편해."

그러는 사이에 내 옷으로 갈아입고 나온 나래는 허벅지 안쪽의 천을 계속 잡아 끌어내리며 불만을 말했다. 마치, 처음으로 바지를 입어 본 것처럼.

"……바지 안 입어 봤어?"

"응. 엄마가 나는 치마가 어울린다고 그래서."

그래서 평소에 팔랑팔랑거리는 옷밖에 안 입는 거였냐.

"익숙해지면 편하니까 참아. 막 움직여도 팬티 같은 거 보이지도 않고."

"으응……."

그렇게 말하지만 신경 쓰이는 것 같다. 하긴, 나도 치마를 입으면 나래하고 똑같겠지.

절대로 입을 일은 없겠지만.

그런 생각을 하자마자 이상한 오한이 들기에 나는 고개를 흔들고서는 나래의 손을 잡아끌었다. 바지에 익숙해지려면 일단 걷는 게 가장 좋을 테니까.

"가자."

"응!"

집에서 나온 내가 가장 먼저 나래를 데려간 곳은 어린이 공원의 동물원이었다.

……절대, 나래가 동물원에 가 보고 싶었다고 말해서 그런 건 아니야. 진짜로. 어린이 공원의 동물원은 따로 관람료가 있는 것도 아니고, 물개 쇼나 코끼리 타기 같이 돈 내야 하는 것 말고도 볼 게 많아서 그런 거다.

"성훈아, 봐 봐! 곰 아저씨가 수영하고 있어."

기대를 많이 하긴 했는지, 처음으로 데려간 북극곰을 구경할 수 있는 곳에서 나래가 유리창에 찰싹 달라붙어서는 흥분했다.

나는 수영하고 있는 곰보다는 벽에 등을 기대고 누워 있는 곰에 시선이 더 가는데 말이야. 꼭, 우리 아빠 같아서.

"아, 올라왔다!"

수영이 질렸는지 위로 올라온 곰이 벽을 발톱으로 긁기 시작했다. 우리를 벗어나고 싶은 건가. 하긴, 나 같아도 갑자기 누가 나를 납치해서 좁은 곳에 집어넣으면 도망치기 위해 미친 듯이 노력할 테니까.

……그렇게 생각하니까 북극곰이 불쌍해졌다.

"나가고 싶은가 봐……."

나래도 그렇게 생각하나 보다. 조금 전까지 신나 하던 모습은 어디 갔는지 유리창에서 떨어져서는 슬픈 표정으로 북극곰을 내려다본다.

"어쩔 수 없잖아."

"그래도……."

손가락을 입에 대면서 고민하는 나래의 머리를 툭툭 두드린다.

"다르게 생각하면 여기가 좋을 수도 있어. 적어도 밥은 주니까. 위험하지도 않고."

그래. 밥은 주니까.

"그럴까?"

나래의 표정이 살짝 밝아진 틈을 타서 나는 손을 잡고서 북극곰 우리에서 벗어났다. 놀러 와서 마음이 상하는 걸 보고 있을 수는 없으니까.

동물원을 이리저리 둘러본 다음에, 나래를 데려간 곳은 식물원이었다. 이곳 역시 돈을 안 내고 들어갈 수 있어서 내가 좋아하는 곳이다.

"우와……."

우리들 키보다 몇 배는 큰 식물들이 통로의 왼쪽 오른쪽에 빼곡히 자라 있는 모습은 언제 봐도 멋있다. 평소에는 볼 수 없는 것들이기도 하고.

"아! 성훈아! 나 이거 우리 집에 있어!"

……보통 볼 수 없는 거다.

"그, 그러냐."

"응! 아빠가 온실에서 키우고 있거든! 열매가 진짜진짜 맛있는 거 있지? 나중에 우리 집 놀러 오면 같이 먹자."

"그, 그래."

눈동자를 반짝반짝거리면서 말하는 나래에게, 귀찮아서 싫다는 말은 할 수 없었다. 어차피 며칠 지나면 까맣게 잊어버릴 테니까 괜찮겠지.

"아! 저거도 있는 거다!"

자기 집에 있는 나무들이 많은지 나래는 흥분해서는 내 손을 잡아끌었다.

"야, 야!"

이거 놓으라고! 주위에서 흐뭇한 눈으로 보는 게 짜증나니까!

하지만 내 말에 숨겨진 뜻을 눈치채기에 나래는 너무 흥분해 있었다.

"빨리 빨리!"

어쩔 수 없네. 나는 이제 아예 뛰기 시작한 나래에게 맞춰 달려 주기로 했다. 다행인 것은 통로에 서 있던 검은 한복을 입은 예쁜 누나나, 손잡고 놀고 있는 연인이나, 유모차를 밀고 있는 아저씨, 아줌마가 나래를 보고 피해 줘서 나도 부딪치는 일은 없었지만……

뭔가 이상한 시선이 느껴졌다. 길을 비켜 주는 어른들과는 조금 다른 느낌.

마치, 내가 나쁜 짓을 할 상대에게 보내는 시선과 같은.

나는 뒤를 돌아보았다. 이상한 사람은 보이지 않는다.

"나, 저 나무에 올라간 적 있다?"

아, 그래. 이상한 녀석은 내 앞에 있었지.

좋은 취미를 가지고 있는 나래의 아빠 때문에 식물원에서 이리저리 끌려다닌 후. 밖으로 나오자 하늘이 어두워지려고 어두워지려는 모습이었다.

슬슬 돌아가야 할 것 같은데. 나야 늦게 들어가도 아무도 걱정하는 사람이 없지만 나래는 다르니까.

"다음에는 어디로 갈 거야?"

그런 내 속도 모르고 나래의 두 발은 날아갈 듯이 가벼워져 있었다. 그래도 할 말은 해야지.

"너무 늦었으니까 집에 가자."

"에~? 놀이공원, 놀이공원 아직 못 갔는데?"

아니, 그러니까! 그런 걸! 아빠! 엄마! 준호 아저씨한테! 하라고!

"늦었잖아. 걱정하신다고."

내 말에 나래가 하늘을 한 번 올려다보고 내게 말했다.

"아직 괜찮은걸! 평소에는 학원 갔다가 지금보다 더 늦게 집에 오니까!"

"노는 거하고 공부하는 거 하고 같냐."

"시간은 같아!"

다시 말하지만, 고집을 부리는 나래에게 말은 통하지 않는다. 하지만 나도 물러날 수는 없다.

"그러면 놀이공원은 잠깐만 둘러보는 거다?"

"응! 알았어!"

그렇게 타협해서 온 놀이공원.

아이 혼자서 탈 수 있는 기구는 별로 없고, 애초에 돈이 없어서 자주 오는 곳도 아니지만…….

"우와…… 빙글빙글 계속 도네."

햄스터의 기분을 강제로 체험할 수 있도록 계속해서 빙글빙글 도는 다람쥐 통이라든가.

"저거 진짜 재밌을 것 같아!"

삶의 기복을 간접적으로나마 경험할 수 있는 청룡 열차라든가.

"꺄하핫, 성훈아! 배가 땅에 있어!"

아무리 노력해 봤자 같은 곳에서 벗어날 수 없다는 사실을 깨닫게 해 주는 바이킹이라든가.

"오빠, 언니들이 계속 튕기고 있어! 이상해!"

다른 사람의 손짓에 자신의 몸이 제멋대로 다뤄지며 말로 농락당하는 것을 체험할 수 있는 디스코 팡팡처럼, 보는 것만으로도 재밌는 것들이 많다.

"……."

하지만 나래가 자리에서 떠나지 않은 것은 내가 가장 싫어하는 놀이 기구였다.

회전목마라고.

매일매일 기계처럼 일해야 하는 어른들의 슬픈 일상을 간접적으로 체험할 수 있는 놀이 기구다.

다람쥐 통은 적어도 스릴이라도 있지, 회전목마는 지켜보는 것만으로도 지겹다고.

"성훈아."

나래가 내 손을 잡아끌기에 나는 당당히 말했다.

"돈 없다."

말했듯이, 내가 가진 전 재산은 점심 식사를 사는데 다 썼으니까. 집에 들렀을 때 혹시~ 라는 기대를 하고 주머니를 뒤져 보았지만 역시나~ 였다.

"돈 있으면 같이 타 줄 거야?"

불길하다. 응, 난 이런 쪽으로는 눈치가 빠르다고.

사실, 기대에 찬 눈으로 나를 바라보는 나래를 보면 누구나 알 수 있겠지만.

잘 들어, 나래야. 애초에 기대를 하니까 배신을 당하는 거야. 처음부터 아무 것도 기대하지 않으면, 배신당할 일도 없다고.

TV 만화에서 배운 말을 해 주고 싶었지만…….

오늘의 나는 나래에게 저지른 잘못이 있다.

"응? 성훈아~?"

"약속했잖아. 둘러보고만 간다고. 시간도 늦었으니까……."

"저거만 타고 집에 갈게. 응? 같이 타자. 응? 오늘 회전목마 같이 타려고 이번 달 용돈 모아 뒀단 말이야."

이미 넌 타는 거로 결정했냐?

"그, 그래."

"와아! 진짜지? 진짜지?!"

밑에 트램펄린도 없는데 제자리에서 폴짝폴짝 뛰며 기뻐하는 나래와 달리, 내 표정은 상당히 미묘하게 일그러져 있을 거다.

그리고.

"……."

"……어쩔 수 없잖아."

나래는 인생의 쓴맛을 경험하게 되었고, 나는 표정 관리를 하기 위해 애써야 했다.

회전목마 어린이 표를 사는 데 드는 돈은, 둘이 합쳐 4천 원.

그리고 나래가 모아 둔 용돈은 3천 원이었다.

"그런데 너희 집 부자 아니었어?"

"벌써부터 돈 많이 쓰면 안 된다고 용돈은 한 달에 5천 원만 주셔."

좋은 아빠다. 5천 원이나 주고. 나는 한 달 용돈이 천 원인데.

그래, 오늘 컵라면을 산 돈은 내 한 달 용돈인 것이다.

"······아빠, 바보."

그러거나 말거나, 나래는 풀이 죽어서 좋은 아빠를 바보라고 부르지만.

나는 축 내려간 나래의 어깨를 툭툭 치며 말했다.

"그래도 표 하나는 샀잖아?"

애초에 나는 타고 싶지 않았기에 슬쩍 나래의 등을 앞으로 밀었다.

"네가 타면······."

"성훈이가 타."

······뭐?

잘못 들었나 싶어 몸이 잠깐 굳어 버렸다. 그사이에 나래는 몸을 휘릭 돌리고서 내 바지 주머니에 회전목마 표를 집어넣고서는 뒤로 슬쩍 물러나 뒷짐을 지었다.

"자, 잠깐만. 무슨 소리야?"

"나, 성훈이가 타는 거 보고 싶은걸."

왜?! 왜 그런 걸 보고 싶은 건데?! 나 같은 게 회전목마를 타는 걸 봐서 도대체 누가 좋아한다고?! 너 혹시 미쳤······ 아니, 왜 그러는데?

"타고 싶은 건 너잖아?"

나래가 고개를 저었다.

"성훈이하고 같이 타고 싶었던 거야."

"그런데 왜 내가 타는데?"

"성훈이가 타는 거 보고 싶으니까."

"난 별로 타고 싶지 않다고!"

"내가 보고 싶어."

"으아아아……."

말이 안 통해.

한 대 쥐어 패…… 는 건 안 되고. 표를 찢어서 버릴까? ……몸에 찌든 가난뱅이 근성이 절대로 그런 짓을 해서는 안 된다고 경고하고 있다.

"……그렇게 싫어?"

나래가 슬퍼하면서 슬쩍 옆으로 매고 있는 가방에 손을 댄다. 정확히 말하면, 깨져 버린 손거울이 들어있는 가방에.

치, 치사하다아아아아아아아아!

내가 오늘 손거울만 안 깼어도! 내가 손거울만 안 깼어도, 진짜! 아오오오오오! 내가 진짜! 아! 으아아아!

하지만 쏟아 버린 물을 다시 담을 수는 없고, 깨져 버린 손거울을 다시 붙일 수는…….

어, 그건 가능하긴 하겠네. 수십 개로 조각난 얼굴이 보이겠지만.

"부탁인데…… 안 타 줄 거야?"

나는 왜 그때 사과를 안 하고 도망친 걸까. 사과를 했다면 지금 도망친다는 선택을 할 수 있었을 텐데.

"……아니야."

만세를 부르는 나래와 오만상을 하게 된 나.

세상에, 내가 회전목마를 타게 될 날이 올 줄이야.

"아! 지금 끝났다! 성훈아, 빨리빨리!"

마음의 준비를 할 시간도 없이 나는 나래에게 이끌려 표를 확인하는 아저씨 앞까지 끌려가게 되었다.

이럴 때는 또 손님도 없어요. 주위에 사람도 없고. 이래도 이 놀이동산 망하지 않는 건가?

아니, 잠깐. 그래도 너무 사람이 없는데? 평소에는 뭐가 그리 좋은지 찰떡같이 붙어선 어른들이 몇 명은 있었다.

하지만 오늘은 그런 사람들조차 보이지 않는다.

"애야?"

하지만 그런 생각도 직원 아저씨의 목소리와 등 뒤에서 느껴지는 기대 만발의 나래의 시선에 머릿속에서 지워졌다.

"여기요."

나는 표를 확인받고서 안으로 들어갔다.

윽, 바로 앞에서 보니까 장난이 아니네. 어느새 어두워진 밤하늘 아래에서 새하얗게 반짝이는 전구라든가. 그 밑에 있는 몸통에 기다란 봉이 박혀 있는 말. 초승달 모양이나 호박마차 같은…… 탈 수 있는 자리? 뭐라고 해야 하는지 모를 것들이 너무 나한테는 맞지 않는다.

"성훈아~!"

그런 것도 모르고 나래는 난간에 몸을 기대서는 기쁜 듯이 나를 향해 손을 흔들고 있다. 나도 나래에게 손을 흔들어줬다. 제발 이상한 표정이 아니기를 바라면서.

그것보다. 난 어디에 탈까. 밖에서 잘 안 보이도록 호박 마차 안으로 들어갈까.

"성훈아! 말! 말!"

아, 씨발. 바라는 것도 많…… 아니, 안 되지. 나는 거칠어지려는 마음을 다스리며, 나래의 요구에 따라 말에 올라탔다. 발 받침대가 있어서 다행이라고 해야 하나.

그리고 내가 타기를 기다렸다는 듯이 기구가 움직이기 시작했다. 봉을 한 손으로 잡고서는 이 부끄러운 시간이 빠르게 지나기를 기도하는 나와 달리.

"와아! 성훈이 멋있어!"

나래는 뭐가 그리 좋은지 가방에서 꺼낸 사진기로……

뭐, 뭐?! 사진기? 지금 날 찍는 거야?! 회전목마에 타고 있는 나를 사진으로 찍어서 평생 놀려 먹을 생각이었냐, 서나래?!

사진 찍지 마! 씨발! 찍지 마! 성질 뻗쳐서…… 가 아니라, 사진 찍지 마!

하지만 내가 그런 말을 하기도 전에 나래는 번쩍번쩍하고 사진을 찍었고, 이내 시야에서 사라졌다.

회전목마니까. 기구가 계속해서 돌아가기 때문에 나래가 나를 찍을 수 있는 순간이 짧다는 것이 불행 중 다행이다. 불행인 것은 내가 회전목마 위에 타고 있다는 것과 기구가 계속 돌아가고 있다는 거지.

이번에도 찍으려고 하면 무조건 말리자.

그런 생각을 하며 나래가 서 있던 곳을 보았다.

난간에는 아무도 없었다.

……어?

순간적으로 나래가 먼저 돌아갔을지도 모른다는 생각이 들었다. 하지만 그런 생각은 이내 머릿속에서 지워졌다.

나래는 그런 아이가 아니다.

무엇보다 난간 밑에 주인을 잃고 떨어져 있는 사진기가 있다. 나는 주변을 좀 더 넓게 보았다.

환한 조명 아래에서 어두워진 밖을 보는 것은 힘든 일이지만, **나는 어째서인지 모르게** 주변을 대낮같이 볼 수 있었다.

사실 그런 건 아무래도 좋다. 볼 수 있었으니까.

수상한 남자에게 입을 막힌 채 붙잡혀 끌려가는 나래를 볼 수 있었으니까.

유괴? 저렇게 당당하게 유괴? 이렇게 사람이 많은 어린이 공원에서?

……사람이 많아? 아니, 아니다.

아까 봤잖아. 오늘따라 이상하게 사람이 없는 걸.

흥분한 머릿속에서 오늘 내가 봤던, 느꼈던 사실들이 내가 알고 있는 것들과 엮이기 시작했다.

성격 더러워 보이는 아저씨들. 운동장에서 본 덩치 큰 남자들. 식물원에서 느낀 이상한 시선. 부잣집 딸인 나래. 위험하다고 혼자 돌아다니지 못하게 한다. 준호 아저씨의 마중.

"이런 씨발!"

나는 발이 엉키지 않은 게 다행이라고 생각될 정도로 급하게 말에서 뛰어내렸다. 하지만 난간을 향해 뛰었을 때.

"어?!"

나는 몰랐다. 계속해서 돌아가는 회전목마 기구에서 뛰어내리면 몸이 꺾이면서 넘어진다는 걸.

"켁!"

덕분에 난간에 가슴이 부딪칠 뻔했다. 다행인 점은 재빠르게 오른팔로 막았다는 거지.

"아아아악!!"

다행인가? 뭔가 뚝, 하는 소리가 팔에서 들린 것 같은데?

응. 다행이다. 다리는 안 다쳤으니까. 다른 한쪽 팔은 괜찮으니까. 아직 달릴 수 있으니까.

"얘, 애야! 너, 괜찮니?!"

직원 아저씨의 걱정 어린 소리는 무시하고, 나는 난간을 왼손으로 잡고 넘어간 뒤 유괴범을 향해 달렸다.

나래가 반항을 하고 있는 덕분일까, 유괴범은 그렇게 빠르지는 않다. 그렇다면 잡을 수 있다. 잡은 후에는…….

어떻게 하지? 알 리가 있나. 일단 잡고 보자. 그리고 목을 물어뜯든, 다리를 물어뜯든, 고추를 때리든, 할 수 있는 걸 하면 되는 거다.

–끼이이이이익–

하지만 그런 생각을 갑자기 들려온 차가 멈추는 소리가 부정했다.

아니, 어린이 공원에 차가 웬 말이야?! 여기는 차가 못 들어오는 곳이라고! 그렇게 따지면 유괴도 해서는 안 되는 거지만, 이건 너무하잖아?!

이래서야 내가 어떻게 할 수 없는…….

그때.

"아아아악! 이년이! 깨물고 지랄이야!"

고통에 찬 남자의 비명 소리와 함께.

"성훈아!"

나래가 도와 달라고…….

"오지 마!"

그 순간.

나래의 목소리가 들린 순간.

머릿속에서 모든 생각이 지워졌다.

남자가 나래의 뺨을 때린다. 3초.

차가 유턴한다. 4초.

문이 열린다. 1초.

나래를 집어넣는다. 2초.

남자가 탄다. 4초.

약 12초.

하지만 내게는 충분한 시간이었다.

문이 닫히기 전에 내 몸을 던지기에는.

"나래를 돌려줘!"

문에 끼인 허리가 지르는 비명을 말로 바꾸어 입에서 토해
낸다.

"뭐, 뭐야, 이 새끼?!"

차에서 떨어지지 않기 위해 두 손으로 안쪽에 있는 손잡이
를 잡으며 외친다.

"돌려 달라고!"

"차 버려! 뭐 하는 거야?!"

구둣발로 얼굴을 차였다. 아프다. 울고 싶을 정도로 아프다.
정말 아프다.

"성훈아! 성훈아! 안 돼! 하지 마!"

나래가 몸부림치지만 남자를 막을 수는 없다. 그런 거니까.

상식적으로 생각해 봐. 어린애가 어른을 이길 수 있겠냐.

하지만 나는.

"내 친구를 돌려 달라고!"

포기하지 않고 매달렸다.

매달리는 것밖에 할 수 없었다.

"이 끈질긴 새끼가!"

다시 한 번 무릎을 굽히며 나를 차려는 남자를 보며, 왜인지 모르게 알 수 있었다.

아, 저거에 맞으면 더 이상 버틸 수 없겠구나.

죽을지도 모른다. 지금이라도 포기하고 떨어져 나갈까. 그러면 살 수는 있을 텐데.

돈을 목적으로 한 유괴니까, 나래는 괜찮겠지.

응. 괜찮을 거야.

그런데 이상하다.

내 손은 힘을 풀지 않는다.

내 몸은 차에서 떨어지려 하지 않는다.

내 눈은 울고 있는 나래에게서 떨어지려 하지 않는다.

아, 그렇구나.

난 이렇게나 나래를⋯⋯.

"이 좆같은 새끼가!"

다시 구둣발이 덮쳐 온다. 조금이라도 더 견디기 위해 눈을 감는 순간.

"벌써부터 겉으로 드러나는 건 자중하려 했습니다만."

얼음보다 차가운 목소리가 내 귀에 울렸다.

"이 이상 도련님께서 다치시면 곤란해서 말이죠."

차갑지만, 부드러운 뭔가가 내 몸을 끌어안았다. 검은색 천이 흩날리는 것이 내 시야 끝에 들어온다.

이상하다. 달리는 차 안인데. 어떻게 저런 게 보이는 거지?

어질어질한 머리로 그런 생각을 하며, 나는 뒤를 돌아보려고 했다.

하지만.

"아직 이르십니다, 도련님. 그러니 오늘 있었던 일은 모두 잊어 주시지요."

상냥하게 느껴지지만, 그 속은 너무나 차가운 목소리와 함께 나는 그만 정신을 잃었다.

정신이 들었을 때.

내가 누워있는 곳이 병원 침대라는 사실을 알게 된 것과 동시에, 나는 어째서인지 눈물, 콧물이 범벅이 된 나래에게 안겨졌다.

"바보! 바보! 성훈이는 바보!"

이유 모를 매도와 함께 말이지.

"오지 말라고 했잖아! 도망치라고 했잖아! 그런데, 그런데!"

아, 그런 이유였냐.

"나 때문에 성훈이가 죽으면 어쩌려고!"

살았으니까 됐잖아? ······같은 말을 했다가는 나래가 화를 낼 것 같으니 나는 아무 말도 하지 않았다.

하긴, **경찰 아저씨가 바로 와 주지 않았다면 죽을 뻔했지.**

"으아아아아아앙~!"

아, 나래가 본격적으로 울기 시작했다. 도저히 말을 걸 상황이 아니다.

나는 도대체 왜 이렇게 됐나 설명해 줄 사람을 찾아 주위를 두리번거렸다.

······가장 쓸모없을 것 같지만, 그래도 지금의 내가 가장 의지할 수 있는 사람이 옆에 앉아서 책을 읽고 있었다.

아빠라고 있어.

"여어, 히사시부리."

"······무슨 말이에요?"

"농담이다."

"농담하기 전에 먼저 설명 좀 해 줘요."

나래는 내 옷을······ 아니, 내가 입고 있는 환자복을 손수건으로 만드느라 바쁘니까.

"그럴 때는 일단 여자애의 머리를 쓰다듬어 주는 거라고."

옆에서 따봉을 하는 아빠가 오늘따라 더욱 한심해 보인다.

하지만 나는 아빠의 말을 따랐다.

"흑······."

아빠도 내 인생에 쓸모가 있을 때가 있구나. 나래의 울음소리가 조금 작아졌으니까.

그렇다고 해서 나래가 우는 걸 멈춘 건 아니다. 한 20분 정도는 계속 운 것 같다. 그리고 난 울다 지쳐 잠드는 사람을 처음으로 볼 수 있었다.

잠들어서도 내 손을 놓지 않았기에, 어쩔 수 없이 넓기만한 병원 침대 옆에 눕혀서 이불을 끌어 올려 주고 있자니.

"너, NTR이라고 아냐?"

아빠가 이상한 소리를 했다.

"무슨 소리예요?"

"아니, 그냥. 이쪽 이야기다."

아빠가 헛소리를 하는 게 하루 이틀 일도 아니기에 가볍게 넘긴 나는 내가 궁금한 점을 물어보기로 했다.

"어떻게 된 거예요?"

"어떻게 되긴."

탁. 책을 덮은 아빠가 이쪽을 보았다.

그제야 난 눈치챌 수 있었다. 아빠가 머리를 자르고 수염을 다듬었다는 걸. 옷차림도 꽤나 어른스럽고 말이야.

세상에.

"그전에요, 아빠."

"왜."

"어디 일하러 가세요?"

아빠의 표정이 구겨졌다.

"평소에도…… 아니, 됐다."

언제 그랬냐는 듯이 피식 웃으며 표정을 푼 아빠가 말했다.

"넌 어디까지 기억하냐?"

나래가 유괴당할 뻔하고, 내가 막으려고 했고, 경찰 아저씨가 우리들을 구해 준 것까지 기억한다고 하자 아빠가 고개를 끄덕였다.

"역시 대단하네."

"……뭐가요?"

"응? 아, 우리나라 경찰들 말이다. 그래, 대단하지. 경찰 아저씨들."

또 이상한 소리를 한다.

"그 후에 경찰이 유괴범을 체포해서 바다 깊은 곳…… 이 아니라, 경찰서에 보냈고. 너는 병원에 실려 와서 치료를 받았다는 거지. 한 이틀 정도 잠들어 있었다."

"나래는요?"

"말도 마라. 어제부터 네 곁에서 떨어지지 않으려고……."

나는 고개를 가로저었다.

"나래는 다친 곳 없냐고요."

"호오~"

아빠가 기분 나쁘게 웃었다.

"왜, 왜요?!"

"아니, 그냥. 너무 주인공다워서 놀랐다."

참기름이라도 바른 듯한 미소가 기분 나빠서 고개를 휙 돌리니, 아빠의 목소리가 들렸다.

"보다시피 나래는 다친 곳은 없다. 건강해. 정신적인 충격도 안 받은 것 같고."

어? 이상한데? 분명 나래가 뺨을 맞았던 것 같은데?

하지만 내게 몸을 기대고 잠들어 있는 나래의 얼굴에는 부어오른 기색 하나 없었다.

……내가 잘못 본 건가?

"이제 됐냐? 응? 정의의 히어로?"

그보다 너무 여유로워 보여서 화가 난다.

"그런데 걱정 안 돼요? 하나뿐인 아들이 잘못했으면 죽을 뻔했는데."

"풉!"

아빠가 침을 내뿜었다. 얼굴에 다 튀겼다. 인상을 찌푸리고 소매로 얼굴을 닦고 있자니 아빠가 푸하하하하하! 하고 한참을 웃다가 말했다.

"내가 왜 널 걱정하냐? 세계 최강의 수호신이 떡하니 붙어 있는데."

어머니께 편지를 써야겠다. 아빠가 드디어 현실과 이야기를 구분 못 하게 됐다고. 정신 병원에 보내야 할 것 같다고. 그때는 열심히 힘을 보태 드리겠다고.

"그러면 난 네가 깨어난 거 봤으니까 가 봐야겠다."

"정신…… 아니, 집이요?"

"……."

아빠가 날 보는 눈이 심상치 않기에 나는 시선을 돌렸다. 아빠의 목소리가 들렸다.

"됐다. 난 이번 일로 만날 녀석이 있거든."

아마 그 유괴범들이 아닐까? 그러면 아빠가 저렇게 잘 입은 것도 이해가 된다.

"돈 많이 뜯어 오세요."

"……넌 대단한 건지, 멍청한 건지 모르겠다니까. 뭐, 내 아들답지만."

아빠는 끔찍한 소리를 하고는 책을 손에 들고서 의자에서 일어났다. 나는 병실 밖으로 나가는 아빠를 바라보았다.

"아, 성훈아."

그래서 아빠가 뒤돌아보며 말을 걸었을 때 속을 숨기며 대답할 수 있었다.

"잘했다."

아빠는 웃고 있었다.

왜인지, 나는 얼굴이 화끈거려서 고개를 숙였다. 문이 닫히는 소리가 들린다.

그렇게 나는 나래와 단 둘이 있게 되었다.

"……바보 녀석."

어째서인지 나래를 보고 있자니 그런 말이 입에서 나왔다.

"바보."

나는 나래의 볼에 흘러내린 머리카락을 뒤로 넘겨 주며 다시 한 번 그 말을 입에 담았다.

"진짜 바보."

짜투리 이야기

"너였냐아아아아아아아!!"

내 외침이 집 안을 울렸다.

"뭘 그리 놀라십니까? 안주인님의 지아비 되실 분을 인간쓰레기 오라버니와 자의식의 괴물, 두 분께만 맡겨 둘 리가 없지 않습니까?"

세상에! 꿈에도 몰랐어! 이 녀석이 어렸을 때부터 나하고 연관이 있었을 줄은!

"하지만 설마 이렇게 될 줄 알았다면 그때 주인님만 구하고 나래 님이 납치되는 것을 간과할 걸 그랬습니다."

농담이라는 것을 알면서 나도 모르게 신경이 날카로워진다.

"그래놓고 내가 이걸 보게 된 후에 일어날 상황을 감당할 수 있겠냐?"

"그래서 구하지 않았습니까?"

아! 진짜! 언젠가 이 녀석을 말로 이기고 만다!

하지만 그런 날이 오지 않을 것 같기에 나는 현실에서 눈을 돌렸다.

"흐냐아아······."

천사같은 랑이가 얼굴을 붉게 물들이고 양 뺨에 두 손을 대고서 헤롱헤롱하고 있었다. 뭔가 자기만의 세계에 푹 빠진 느낌이다.

나는 손짓으로 세희를 불러, 작은 목소리로 물어보았다.

"랑이는 또 왜 이래······."

"주인님의 멋진 모습을 보고 다시 한 번 반하신 게 아니겠습니까."

······멋져? 저게 멋지다고? 내가 보기에는 정말 꼴사나운 모습이었는데. 저런 상황에서는 바로 112에 신고하거나 어른들의 도움을 받아야 했다. 잘못됐다면 어떤 결과로 끝이 났을지 상상만 해도 끔찍하다고.

거기에······.

아이고. 저 때는 내가 어떻게 됐었지. 그야말로 바보였다. 천사 같던 나래의 성격이 조금씩 험악해지기 시작한 건 내 영향이 컸을 거다.

그런 생각을 했기 때문일까.

"무슨 일 있어? 웬일로 컴퓨터 앞에 다들 앉아 있고."

부르지도 않았던 곰 아가씨께서 오셨다.

"나래야!"

과거의 주역이었던 나래가 안방에 들어오는 것과 동시에 자기만의 세계에서 벗어난 랑이가 고개를 휙 돌리며 외쳤다.

"으, 응? 왜 그래, 랑이야?"

나래가 살짝 놀란다. 랑이는 신경 쓰지 않고 우다닷, 하고 달려서는 나래를 향해 높게 뛰었다.

"웃챠."

나래는 한 점의 흔들림 없이 랑이를 받아 안고서는 등을 토닥여 줬다.

"왜 그래?"

"아까 보았느니라!"

"……응? 뭘?"

"성훈이하고 나래의 옛날이야기를 말이니라!"

"그, 그래?"

나래가 랑이 너머로 내게 시선을 보낸다.

뭘 본 거야?

설명할 수 없는 무엇인가가 있습니다.

설명해.

이런 대화로는 무리입니다.

"후우……"

눈빛 대화를 한숨으로 끝낸 나래가 말했다.

"뭔지 모르겠지만, 랑이야. 나도 볼 수 있을까?"

"응!"

잠시 후.

"그게 너였어어어어어어?!"

소꿉친구는 역시 닮는구나.

손과 강아지와 여우와

세희가 말했다.

"손."

아야가 말했다.

"뭐?"

화창한 오후.

올라온 서류에 기계처럼 사인만 반복하다가 잠시 쉬러 밖으로 나왔을 때 마당에서 본 풍경이다.

마당에 세희가 서 있고 아야와 바둑이가 그 앞에 있는, 평소에는 드문 조합이다. 애초에 아야가 세희를 별로 안 좋아하는 까닭도 있어서 말이야.

"손 모르십니까? 손?"

……그런데 말이야. 지금 세희가 아야한테 말한 '손'이라는 거, 그건 아니겠지?

"내가 모를 리가 없잖아, 이 엉뚱아!"

아야가 화를 내며 척 하고 자신의 손을 세희에게 펴 보였다.

"……하아."

그 모습을 보고 세희가 깊은 한숨을 쉬었다. 내가 보기에는 일부러 지어낸 한숨이었지만, 아야는 눈치 못 챘는지 꼬리를 붉게 물들이며 화를 냈다.

"뭐야? 할 말이 있다고 해서 불렀으면서 이상한 소리나 하고! 사람 무시하고!"

"무시할 만하니까 무시한 것입니다. 아무리 대요괴급의 힘을 지니고, 오랜 시간을 살아왔다 한들……."

세희는 잠시 말을 멈추고 절레절레 고개를 흔들었다.

"기본 중의 기본도 모르시니 저승에 계시는 아야 님의 아버님께서 한스러워하시겠군요."

야.

"키이이잉?!"

아야가 목걸이를 풀고서는 어른의 모습으로 변했다. 거기서 끝났다면 다행이었겠지만…….

아야는 평소보다 몇 배는 커다란 여우불을 만들어서 세희의 주변에 둥둥 띄웠다.

우와, 랑이의 이빨이 있는데도 뜨겁구먼.

"지, 지금 뭐라고 했어?!"

내가 나서서 말려야 하나 생각하고 있을 때.

세희는 자신의 주변에 떠있는 여우불에는 신경도 쓰지 않고 바둑이를 향해 손을 내밀며 말했다.

"손."

"손!"

바둑이가 세희의 손에 자신의 손을 겹쳤다.

아, 그거 맞았구나.

"참 잘했습니다."

"헤헤헷."

세희가 머리를 쓰다듬어 주자 바둑이가 기쁜 듯이 꼬리를 살랑살랑 흔들며 웃는다. 그 모습을 약간 풀어진 모습으로 바라보던 세희가 이내 표정을 굳히고서는 아야에게 말했다.

"보셨습니까?"

"……"

"이것이, 손입니다."

"……"

"숙련된 조교의 시범을 보셨으니까 이번에는 하실 수 있을 것이라 믿겠습니다. 아야 님."

"……"

세희가 손을 내밀며 말했다.

"손."

"캬아아아아아아앙!"

손 대신 여우불이 세희를 향해 날아갔다. 저기에 있는 게 나였다면 검게 그을린 파마머리가 되었겠지만, 세희는 달랐다. 소매에서 꺼낸 물풍선, 내가 잘못 본 게 아니다, 물풍선을 던져 여우불을 꺼 버렸으니까. 아야가 몇 번이나 여우불을 만들어 냈지만 그때마다 물풍선에 힘 한번 쓰지 못하고 사라져 갔다.

그렇게 잠시 시간이 지나자.

"헥, 헥……."

수백, 수천 개의 여우불을 만드느라 요력을 너무 많이 썼는지 아야가 지쳐 버렸다.

"요력을 다루는 법도 미숙하기 그지없군요."

그에 비해서 세희는 피곤한 기색조차 보이지 않는다.

바둑이?

바둑이는 열심히 터져 나간 물풍선의 잔해를 주워서 마당 구석에 있는 쓰레기통에 버리고 있었다. 그러면서도 털 하나 그을리거나 물에 젖는 일 없이 여우불과 물풍선을 피한 움직임은…… 내 눈으로 봤지만 믿기지 않을 정도다.

"그러니까, 손, 입니다."

세희의 저 변하지 않는 태도도 믿기지 않고 말이야.

"나, 나한테 왜 그러는 건데?! 도대체 무슨 생각이야?!"

"손."

아야가 캬아아아앙! 하고 소리를 지르며 화를 냈지만 세희는 별다른 설명 없이 손만 내밀고 있을 뿐이다.

아, 저거 짜증 나지. 응. 내가 저런 상황에 많이 처해 봐서 알아.

무슨 일인가 해서 지켜보고 있긴 했지만 슬슬 도와주러 가 볼까.

신발을 찾아 대청마루의 아래를 살피고 있자니, 세희의 목소리가 들렸다.

"그렇군요. 그렇다면 숙련된 두 번째 조교의 시범을 보여 드리겠습니다."

어째서인지 고개를 아래로 향하고 있지만 세희가 나를 향해 말하고 있다는 걸 알 수 있었다.

"어, 언제부터 거기 있었어, 이 깜짝아?!"

세희 때문에 보이는 게 없었던 것 같은 아야도 나를 눈치챈 것 같다.

"손, 부터."

"키이이이이잉~!"

아야가 부끄러워하거나 말거나, 나는 신발을 신고 마당으로 내려갔다.

그리고 걷지도 않았는데 바로 내 앞까지 다가온 세희를 볼 수 있었다.

내게 손을 내밀고 있는 세희를 말이야.

"손입니다, 주인님."

……나는 알고 있다. 세희가 꾸미는 일에는 두 가지 종류가 있다는 것을.

첫째. 상대방을 놀리기 위한 일. 보통 나를 놀리는 일이라고 생각해도 된다.

둘째. 랑이의 행복을 위한 일. 이 경우에는 나의 행복이 랑이의 행복이라는 것도 염두해 줬으면 좋겠다.

그렇다면 이건 어떤 종류의 일일까. 단순히 나를 놀리기 위해 준비한 일일까. 아니면 랑이의 행복을 위한 일 중에 하나일까.

지금으로는 아무래도 전자 쪽에 힘이 실리긴 하지만, 세희가 나를 놀리려면 번거롭게 아야를 통하지 않아도 된다. 그렇다면 역시 랑이의 행복을 위해, 뭔가를 벌이기 위한 준비로써……

그렇게 열심히 고심하고 있을 때.

"설마 주인님께서는 말도 못 알아들으십니까?"

세희의 한심스럽다는 목소리에 내 치기가 고개를 들었다.

"손 말이지?"

나는 세희의 손 위에 내 손을 올려놓…… 는 척 하며, 휘어잡아 턱 밑까지 들어 올린다. 저절로 서로의 거리가 좁혀진다. 조금만 더 가까워지면 입술이 닿을 것 같다고 생각하며 세희에게 시선을 맞춘다.

어떠냐?!

"보셨습니까? 주인님도 손, 정도는 할 수 있습니다."

무시냐아아아아!! 무시하기냐아아아?!!

"이 바보 아빠! 지금 뭐 하는 거야?!"

거기다 아야는 화까지 낸다!

나 자신의 바보짓이 한심스러워서 손을 놓고 대청마루에 엉덩이를 걸치고 앉자니.

"도련님! 도련님! 저도 손이요!"

바둑이가 내게 오른손을 내밀었다.

……어, 그러니까, 바둑이는 아무런 악의도 없을 거다. 응. 바둑이니까.

"그래, 손."

나는 바둑이의 손 위에 내 손을 올려놓았다.

"잘하셨어요, 도련님."

바둑이가 발꿈치를 들어 키를 높인 다음 오른팔을 들어 내 머리를 쓰다듬었다.

머리를 쓰다듬어 주는 것도 기분이 좋지만, 역시 머리를 어루만져지는 것도 기분이 좋구나.

부끄럽지만.

그래도 바둑이의 꼬리가 열심히 흔들리는 걸 보면 그만하라고 말하기도 힘든 게 사실이다.

"아빠!!"

아, 지금 이럴 때가 아니구나.

"이제 괜찮아, 바둑아."

"응, 그래요?"

조금 아쉬워하면서도 바둑이는 내 머리에서 손을 떼었다. 그리고 뭔가 기대하는 눈치를 주며 허리를 앞으로 숙였다.

바둑이의 요청을 들어주고 싶은 마음은 랑이를 사랑하는 마음만큼이나 크지만…….

그랬다가는 바둑이의 어깨 너머로 보이는 흉흉한 기운의 아야에게 크게 한 소리 들을 것 같으니 조금만 미루자.

손과 강아지와 여우와

하지만 그것도 바둑이가 내 팔을 잡고는 자기 머리 위에 올릴 때까지였다.

으헤헤헤……

"키이이잉!"

어느새 다가온 아야가 탁, 하고 내 손을 잡아채는 것으로 나는 정신을 차릴 수 있었다.

헉. 내가 무슨 짓을.

꼬리를 추욱 내리고 아쉬워하는 바둑이의 어깨를 툭툭 두드리고서는 나는 시선을 돌려 눈앞에 서 있는 아야를 보았다. 꼬리가 붉게 물들어 있고 눈썹도 추켜올리고 있는데다가 팔짱까지 낀 모습을 보아 꽤나 화가 난 모습이다.

"아빠는 인간으로서 자존심도 없어?!"

갑자기 먼 산을 바라보고 싶어졌다.

자존심이라…… 그런 게 나한테 남아 있었나…….

"애초에 인간도 아니신데 말이죠."

넌 정말 시비 거는 데 특화되어 있구나. 하지만 지금은 세희에게 놀아날 때가 아니다. 삐친 우리 딸의 마음을 달래 주는 게 먼저니까.

내 식대로.

"아야야."

"왜, 이 헬렐레야."

아무래도 내가 바둑이의 머리를 쓰다듬어 주고 있을 때의 모습을 보고 하는 말 같다.

바둑이를 쓰다듬어 줄 때 표정 관리가 안 되는 건 어쩔 수 없다고 생각하면서 나는 손을 내밀며 말했다.

"손 좀 줘 봐."

손이라는 말을 듣고 뾰족 귀를 바짝 세우며 화를 내려고 했지만, 결국 킁, 하고 불만스러운 소리를 내더니 내게 오른손을 내밀었다.

나는 아야의 손을 잡고서 기세등등하게 가슴을 피며 세희에게 말했다.

"봐. 아야도 손 할 수 있잖…… 아얏!"

아야의 왼손이 내 옆구리를 파고들었다. 손톱이 길어진 채.

……아니, 이렇게 말하니까 상당히 끔찍하군.

다시 말한다.

아야의 손이 내 옆구리를 찔렀다. 살짝 손톱이 길어진 상태로.

"뭐, 뭐 하는 거야! 이 바보!"

거기서 끝나지 않고 손가락을 좌우로 반복해서 움직이며 드릴처럼 찌른다.

"아파! 아프다고!"

아무리 나래에게 단련되었다 한들 옆구리는 옆구리다! 나는 아야의 손목을 잡고서 내 몸에서 떨어뜨렸다.

다행히도 어느 정도 기분이 풀렸는지 아야는 쉽게 물러나 주었다. 씩씩 거리긴 하지만.

"다시는 그런 장난치지 마, 이 깐죽아!"

"알았어."

"킁!"

아야가 콧소리를 내고는 내 옆에 앉아 팔짱을 꼈다. 고개를 반대쪽으로 돌린 채로.

나는 슬쩍 한 팔로 아야의 허리를 끌어안아서 내 쪽으로 당겼다.

"나 아직 화났어, 이 에로에로야."

아야가 힐난했지만 목소리 톤도 그리 높지 않고, 여우 꼬리는 왼쪽 오른쪽 살랑살랑 흔들리고 있다. 진심이 아니라는 게 빤히 보이네.

나는 슬쩍 아야의 어깨에 팔을 올려 머리를 내게 기대도록 만들었다.

"이런 거로 화 안 풀리거든? 키히힝~"

그러면서 콧소리를 낸다.

"......"

그 모습을 세희는 한심하다는 듯이 바라보고 있다.

"왜."

"아니, 참, 날이 갈수록 가관이신 것 같아서 말이죠."

아빠와 딸의 자연스러운 스킨십이 도대체 뭐 어때서?

"제가 보기에는 살짝 삐친 연인을 교묘하게 달래는 장면으로 보였습니다만."

또 생각 읽었냐고 말하려는 그때.

"키히힝~ 왜. 부러워, 이 얼음아?"

아야가 슬쩍 내 가슴에 손을 올리며 세희에게 말했다.

……야. 그건 랑이한테나 통할 도발이라고.

"전 부러워요!"

아, 바둑이도 통하는군.

바둑이가 내 오른팔을 들어 올리더니 그 속에 쏘옥 들어왔다.

덕분에 의도치 않았지만, 양 옆에 어린 소녀를 허리에 끼고 있는 어느 나라의 왕 같은 꼴이 되어 버렸다. 기분이 좋으니까 가만히 있을 거지만.

그런 꼴을 보며 세희가 말했다.

"부럽습니다."

……지금 내가 잘못 들은 건가?

나만 그렇게 생각한 게 아닌지 아야가 약간 떨리는 목소리로 말했다.

"뭐, 뭐라고 했어, 이 황당아?"

"부럽다고 했습니다."

내가 제대로 들었구나. 그래. 귀가 어두워지는 걸 걱정할 나이는 아니지.

그렇다는 말은……

"아야 님에게 손을 성공하신 주인님이 말이죠."

이런 이야기라는 말이다.

훗. 내가 누구냐. 세희에게 장난감 취급당한 지 두 달이 넘어간다고. 이 정도 말장난은 어느 정도 예상할 수 있어!

"캬아아아아앙!!"

아야는 아니지만.

내 품속을 뛰쳐나가서 두 발로 선 아야가 꼬리털을 붉게 물들이며 세희에게 손가락질을 하며 외쳤다.

"도대체 왜 그러는데, 이 답답아?! 왜 갑자기 나한테 그런 걸 시키는 거야?!"

세희가 고개를 왼쪽으로 살포시 기울이며 말했다.

"여우는 갯과이지 않습니까?"

황당하기까지 한 세희의 말에 아야가 입을 뻐끔뻐끔거리고 있을 때, 바둑이가 말했다.

"와~! 그러면 아야도 저하고 같은 개인 거예요?"

바둑이에게 악의라는 게 있을 리 없지만 세희는 만족스러운 미소를 지었고 아야는 여우 꼬리를 자동차 먼지떨이처럼 부풀렸다.

"갯과인 거지 개가 아니야, 이 강아지야! 여우하고 개는 다르다고!"

자아 정체성의 확립을 위해 외친 아야를 향해 바둑이가 말했다.

"제 이름은 바둑이인데요."

"그게 아니라, 이 답답아!"

"답답이도 아니에요. 아야는 제 이름 몰라요?"

"키이이이이잉!"

아야가 가슴을 주먹으로 두드린다. 이러다가 아야가 속 터져 죽겠다.

나는 먼저 어리둥절하며 아야를 바라보는 바둑이의 머

리…… 가 아니라 어깨에 손을 올렸다. 바둑이가 순진한 눈망울로 나를 바라본다.

"놀아 주시려고요, 도련님?"

나도 그러고는 싶은데 지금 그랬다가는 아야가 화병이 나도 이상할 게 없을 것 같아서 안 되겠다.

"아니, 그게 아니라……."

바둑이가 가뜩이나 늘어진 귀를 푸욱 늘어뜨리며 실망하는 모습이 마음에 아프지만!

"아야가 바둑이를 강아지나 답답이라고 부르는 건 이름을 몰라서가 아니라 그런 게 말버릇이라 그래."

바둑이가 아야를 향해 고개를 돌렸다.

"그런 거였어요? 미안해요."

"……됐어."

뭔가 많은 것을 포기한 듯한 힘이 빠진 목소리로 대답한 아야가 다시 내 옆에 앉았다. 나는 힘내라는 의미로 아야의 머리를 쓰다듬으면서 일을 더 이상 복잡하게 만들지 않는 것 자체가 고마운 세희에게 말했다.

"그래서 이번에는 또 무슨 꿍꿍이가 있어서 그러는 건데?"

세희가 소매에서 부채를 꺼내 유럽 중세 시대의 귀부인처럼 기품 있게 흔들면서 말했다.

"무슨 말씀인지 모르겠습니다, 주인님."

"네가 아무 생각 없이 진짜 강아지한테나 할 법한 '손' 같은 걸 아야한테 시킬 리가 없잖아?"

세희가 탁, 하고 부채를 접었다.

"세상에, 주인님의 목 위에 있는 것은 허전하지 말라고 달아 놓은 것이 아니었단 말입니까."

잘 기억은 안 나지만 비슷한 이야기를 전에 들은 적이 있는 것 같아서 화도 안 난다.

"그래. 생명 유지 장치도 아니니까 설명이나 해."

"아빠 말이 맞아, 이 시꺼멍아! 도대체 무슨 생각이야?"

기운을 차린 아야가 내 말에 힘을 실어 주었다.

"당황하고 화가 난 나머지 제대로 된 사고를 못 하고 저에게 농락당하시기만 했던 아야 님은 차치하고."

아야가 붉힐 수 있는 건 꼬리만이 아니다.

그 모습을 보며 세희가 입술에 침을 바르고서 말을 이었다.

"아야 님께서 당신이 지니고 계신 요력을 제대로 다루지 못하시기에, 이 미력한 몸으로 조금이나마 도움을 드리고 싶다는 마음에서 나온 행동이었습니다. 그런데 두 분께서 제 마음을 곡해하시니……."

그러고는 옆으로 살짝 고개를 떨어뜨리며 입가를 손으로 가리고 흑흑거리기 시작한다.

"큼? 자, 잠깐만! 갑자기 왜 우는데, 이 울보야?! 내가 잘못한 것…… 아빠?"

나는 허둥대는 아야를 말리고서 세희에게 말했다.

"손 치워 봐라."

세희가 손을 내렸다. 입가에 어떤 곡선이 그려져 있는지는 내가 말하지 않아도 알 수 있겠지.

"너! 너어어어! 키이이이이잉!"

다시 한 번 농락당했다는 사실에 머리끝까지 화가 난 아야가 자리에서 벌떡 일어나려고 한다.

아서라, 아야야. 그러면 계속해서 세희의 장난감이 될 뿐이니까. 나는 슬쩍 몸을 돌려 바둑이의 허리를 끌어안아서 번쩍 들어 내 무릎 위에 올려놓았다.

"아옹? 놀아 주시는 거예요?"

눈을 반짝반짝 빛내는 바둑이에게는 미안하지만 지금은 이용 좀 당해 줘라.

나는 앞으로 나서려는 아야의 손목을 잡은 다음.

"말리지 마, 이 참견아!"

아야가 내 손을 털어 내기 전에.

나는 아야의 손을 바둑이의 머리 위에 올려놓았다.

"히이이이잉~"

그 즉시 아야가 여름날의 떡처럼 늘어져 버렸다. 다리에 힘이 빠졌는지 바닥에 주저앉으려는 걸 재빠르게 허리를 안아서 마루에 앉힌다.

그러는 사이에도 아야는 바둑이의 머리를 쓰다듬는 걸 멈추지 않았다.

"헤헤헤헤헹~"

상당히 망가진 표정으로.

응. 내가 바둑이의 머리를 쓰다듬을 때도 저런 모습이라는 거구나. 다른 사람들이 보지 못하게 해야겠다.

"날이 갈수록 잔머리가 느시는군요, 주인님."

"누구 덕분에 말이다, 누구 덕분에."

"소갈머리는 여전히 좁으시지만."

"할 일도 많고, 놀 시간도 적고, 누가 자꾸 속을 살살 긁는데 나보고 어쩌라는 거야?"

"그렇게 남 탓만 해서는 범이 되지 못하십니다, 주인님."

"나를 이렇게 만든 범인이 할 말은 아닌 것 같은데."

"호오."

세희가 눈웃음을 지었다.

"사내아이는 잠시 눈을 떼면 놀랄 만큼 자란다고 하지만, 그래도 아저씨 개그를 하기에는 너무 빠른 것 아닙니까?"

"시, 시끄러! 그렇게 따지면……."

공기가 얼어붙었다.

"그렇게 따지면, 뭡니까."

아차차, 방심했다. 그쪽 화제는 열심히 피하려고 했는데.

"그쪽 화제라는 것은 무엇을 말씀하시는지?"

대놓고 말하네!

이럴 때는 삼십육계 줄행랑이다!

"그것보다!"

세희의 매서운 시선에 바둑이의 꼬리 쪽으로 움직이려는 손을 억지로 멈추며, 나는 말했다.

"아, 아야가 요력을 제대로 못 쓴다는 건 무슨 말이야?"

"후우……."

세희가 한숨을 쉬는 것과 동시에 다시 늦여름의 후덥지근한 공기가 찾아왔다.

"대답하지 않을 수 없는 이야기니, 어쩔 수 없군요."

살았구나.

내가 살짝 긴장을 풀고 있는 동안, 세희가 소매에서 구름 의자를 꺼내서 그 위에 앉으며 말했다.

"앉아도 되겠습니까."

이미 앉아 있다는 건 넘어가자.

"어, 응."

"감사합니다."

그러고서는 몸을 뒤로 젖혀서 구름 의자에 푹 잠긴다. 그것만으로 모자란 지 다리를 꼬고, 허벅지 위에 올린 두 손으로 깍지를 꼈다.

남이 보기에는 상당히 건방져 보이는 자세이지만, 그런 걸 가지고 뭐라고 할 사람은 우리 집에 없지.

"그러면 설명해 드리겠습니다."

나는 고개를 끄덕였다.

"무신경한 주인님께서도 아시다시피, 아야 님은 타고난 혼의 그릇이 견딜 수 없을 정도의 큰 혼돈을 지니고 계셨습니다."

무신경하다는 건 둘째 치고, 그 사실은 나도 알고 있다. 그것 때문에 무슨 일이 일어났고, 무슨 일을 겪었는지도 확실하게.

"그건 랑이 덕분에 괜찮아진 거 아니었어?"

세희가 노려본다. 나는 입을 다물었다.

"주인님, 오른손이 어느 쪽 손인지 아십니까?"

세희가 갑자기 이상한 소리를 해서 어리둥절했지만 나는 오른손을 들어 올렸다.

"왼손은?"

나는 왼손을 들어올렸다.

세희가 깊은 한숨을 내쉰 뒤 말했다.

"왼손, 오른손은 아시는 분이 왜 좌우 분간은 못 하십니까."

아오오오오오!

"다시 돌아와서, 좌우 분간을 못 하는 것만이 아니라 앞뒤도 모르는 주인님께서 말씀하신 대로, 아야 님은 안주인님의 도움으로 타고난 혼돈을 감당할 수 있을 정도로 혼의 그릇이 크고, 견고해졌습니다."

세희의 설명이 끝날 때까지 나는 입을 다물기로 결심했다.

"그렇다면, 주인님. 무슨 문제가 생겼을 것 같습니까?"

"……그 전에. 한 가지만 물어보자."

"물어보시지요."

나는 인상을 찌푸리며 말했다.

"너, 나 놀리는 거 재밌지?"

"제 인생의 낙 중 하나입니다."

알고는 있었지만 정말 성격 나쁜 녀석이다.

"그러면 저도 대답을 들을 수 있겠습니까?"

"잠깐만. 생각 좀 해 보자."

"기다리겠습니다."

그리고서 세희는 소매에서 휴대폰을 꺼냈다.

빠~ 빠~ 빠~ 빠빠밤~ 빠빠밤~

너무나 유명한 영화의 노랫소리가 휴대폰에서 나왔다.

"그렇게 오래 안 걸리거든?!"

"남자는 등으로 말하는 겁니다."

그래! 잘 알았다! 응!

세희의 질문에 대한 답을 생각해 보자.

아야가 몸이 감당할 수 없을 정도의 큰 요력을 가지고 있었고, 랑이의 도움으로⋯⋯.

"시간 초과입니다."

"1분도 안 지났어!"

"중요한 일도 아니니 정답을 말씀드리자면."

나는 포기하고 세희의 이야기를 듣기로 했다.

"가지고 계신 요력을 효율적으로 다루시지 못하는 것이 문제입니다."

⋯⋯그게 무슨 문제라는 거야?

"조카 잘못 만난 탓에 시리즈가 시작할 때마다 이승과 저승을 넘나들게 된 서양의 한 중년 남성은 이런 말을 했습니다. 큰 힘에는 큰 책임이 따른다."

아, 그건 나도 영화로 봐서 안다. TV에 나왔었어.

"안타깝게도 우리나라에서 통용되는 말이 아닙니다만, 어쨌든. 아야 님께서는 현재 대요괴라 자칭하실 수 있을 정도의 요력을 가지고 계십니다. 2천 년이 넘게 살아오신 시간도 있고 말이죠."

"……그래서?"

아야에게 또다시 나쁜 일이 생길지도 모른다는 생각에 나도 모르게 내 목소리가 무거워졌다.

"흐히히히힝~"

"후에에에엥~"

……정작 문제의 당사자는 바둑이를 끌어안고 머리를 쓰다듬느라 얼굴이 풀어져 있지만.

"하지만 대요괴라는 것은 단순히 요력이 많이 있다고 해서 되는 것이 아닙니다. 그 요력을 얼마나 효율적으로 사용하는가가, 단순한 요괴와 대요괴를 구분 짓는 잣대가 되는 법이지요."

나는 말했다.

"그러면 랑이는?"

"태초의 혼돈에서 태어난 범의 힘 앞에 그깟 잣대가 남아날 것 같습니까."

나는 무의식적으로 바둑이의 머리로 향한 내 손을 제자리로 돌려보냈다.

"그리고. 안주인님께서는 요술을 배우지 않으신 것뿐입니다. 요력을 효율적으로 사용하는 것은 온 세상의 요괴 중, 세 손가락 안에 들어갈 것입니다."

나는 잠깐 생각해 보고 세희에게 물어보았다.

"냥이하고 웅녀하고 랑이, 이렇게?"

세희가 고개를 끄덕였다.

"맞습니다. 그 중 제일은 냥이 님이라 할 수 있겠지요."

세희가 어딘가 모르게 비릿한 미소를 짓고서는 말을 이었다.

"하지만 지금은 그런 이야기를 하려는 것이 아닙니다."

나는 고개를 끄덕였고 세희가 말을 이었다.

"주인님께서 아시다시피, 요괴들은 힘을 숭배합니다. 또한, 치이 님에게 있었던 일을 통해 아실 수 있겠지만, 요괴는 요력을 지닌 상대를 잡아먹는 것으로 일정량을 흡수할⋯⋯."

나는 세희가 무슨 말을 하려고 했는지 깨달을 수 있었다.

"사람 하나 잡겠습니다. 주인님."

"아, 미안."

나는 심호흡을 했다.

"그래서 아야를 훈련시킨다는 거야? 만약 무슨 일이 생겨도 스스로를 지킬 수 있도록?"

세희가 고개를 끄덕이고 말했다.

"그런 의미의, '손' 입니다."

아니, 그건 네가 아야를 놀리려고 한 짓이겠지.

"하지만 지금은 바둑이가 즐거운 한 때를 보내고 있으니 훈련을 계속하는 것은 뒤로 미뤄야겠군요."

바둑이를 바라보는 세희의 시선은 초가을의 태양처럼 따사롭기 그지없었다.

"그런데 주인님."

취소다.

"왜."

"일은 다 끝나셨습니까?"

나는 아무 말 없이 신발을 벗고 올라가 내 방으로 돌아갔다.

휴식 시간이 길어진 덕분에 일이 끝나는 시간도 늦어지고 말았다. 그 후에 아이들과 같이 놀아 주고, 저녁을 먹었을 때는 이미 해가 저물어져 가는 시간이었다.

그리고 나는 랑이를 품에 안고서 대청마루의 턱에 앉아서 마당을 바라보고 있다. 다른 아이들도 있으면, 특히 나래도 있으면 좋겠지만……

나래는 정미 누나와 통화를 하고 있는 것 같고, 치이는 저녁식사 뒷정리 때문에, 페이는 요괴넷의 관리 때문에 시간을 낼 수 없었다.

그리고 마당에는 세희와 바둑이와 아야가 세모꼴로 서 있다. 정확히 말하면, 바둑이와 아야가 마주 보고 있고 세희는 옆에 서 있다고 해야겠지.

지금부터 이 마당에서 아야의 요력을 효율적으로 쓰는 훈련을 할 예정이다. 아야도 내가 들었던 설명을 세희에게 모두 들었거든.

아야의 훈련을 돕는 것은 집안에서 가장 한가한…… 아니, 아야의 상대를 할 수 있는 바둑이가 맡기로 했다.

그런데 말이다.

"……꼭 싸워야 하는 거야?"

세희는 요력을 효율적으로 사용하는 법을 배우는 데는 이만한 것이 없다고 말했지만, 그래도 애들끼리 싸우는 모습을 보고 싶지 않은 게 내 마음이다.

"치고 박고 싸우다 보면 익숙해진다고 몇 번이나 말씀드려야겠습니까."

랑이도 팔을 쭈욱 펴며 말했다.

"괜찮으니라, 성훈아! 아해들은 싸우면서 크는 것이니라! 너무 챙겨 주면 오히려 많이 못 크느니라!"

아, 그러냐.

"그러면 나도 널 별로 안 챙겨 줘도 되겠네?"

랑이의 꼬리와 귀가 바짝 섰다.

"나, 나는 이미 많이 컸으니까 괜찮으니라! 그러니까 많이 챙겨 줘도 아무 문제없느니라! 이, 이렇게! 이렇게!"

랑이가 허둥지둥하면서 자신의 뽀얀 배에 내 두 팔을 두른다.

"그래, 그래."

나도 그 마음에 답하듯 랑이의 머리에 아프지 않게 턱을 기댔다.

"휴우……."

랑이가 안도의 한숨을 내쉬는 것을 본 뒤, 세희가 말했다.

"주변의 인간과 요괴 및 곰의 일족은 모두 대피를 했고, 부엌과 페이 님의 방, 그리고 나래 님의 방에는 일에 방해가 되지 않도록 요술을 걸어 놨으니 시작하시면 됩니다."

바둑이가 들뜬 목소리로 말했다.

"잘 부탁해요, 아야! 신나게 놀아 봐요!"

완전히 산책을 기대하는 강아지와 다를 게 없다. 뭐, 아야에게는 훈련이지만 바둑이에게는 자신의 새로운 성 정체성…… 이 아니라! 즐거운 놀이일 수도 있을 테니까.

그와 반대로 아야는 어딘가 침울해 보였다.

"쿵. 별로 마음에 들지는 않지만……."

무슨 문제라도 있냐고 내가 묻기 전.

아야의 몸이 하얀 빛에 휩싸인다. 인간으로 변하는 요술을 풀기 시작한 거다.

세희가 알려 주길, 요력을 다루는데 익숙해지는 것은 요괴 본연의 모습이 가장 좋다고 했다. 인간으로 변하는 요술을 사용하면 인간에 가까워지기 때문에 본신의 힘을 온전히 다룰 수 없기 때문이라고 했지.

그래서 나는 처음으로 아야의 원래 모습을 볼 수 있었다.

가장 처음 느낀 것은.

"너, 너무 크잖아……."

컸다. 응. 정말 컸다.

나는 바둑이 정도의 크기일 거라고 생각했지만 내 예상을 너무 많이 벗어난 크기다.

얼마나 크냐면 고개를 뒤로 끝까지 젖혀야지 보일 정도다. 예~전에 동굴에서 본 랑이보다 약간 작아 보일 정도다.

즉.

"하아…… 몸을 띄우는 요술 정도는 써 주실 줄 알았습니다만."

그 커다란 몸을 모두 담기에는 우리 집 마당이 너무 작다는 말이다. 담벼락이 아야의 왼쪽 앞발에 깔려 무너져 버릴 정도로.

"그, 그래도 신경 썼다고, 이 미안아!"

아야의 목소리가 저~ 위쪽에서 들린다.

"오! 아야도 꽤나 크구나!"

진짜 모습은 지리산인 녀석이 할 말은 아니라고 생각한다.

"그, 그보다 아빠. 나, 괜찮아?"

"응?"

"괘, 괜찮냐고, 이 둔팅아!"

귀를 울리는 아야의 외침에 나는 다시 한 번 아야를 올려다보았다.

아야가 여우 요괴라는 사실은 알고 있다. 그러니까 당연히 본 모습도 여우일 거라는 것도 알고 있었고.

하지만 이렇게 두 눈으로 직접 동산만 한 여우를 보고 있자니…….

귀엽네. 응. 정말 귀엽네. 턱부터 배까지 나있는 흰색 털도 그렇고, 다른 부분을 뒤덮고 있는 갈색 털도 잘 어울린다. 뾰족하게 앞으로 튀어나온 코와 그 아래에 있는 입은, 아야가 크기만 작다면 두 손으로 잡아 보고 싶을 정도로 앙증맞다. 유려한 선을 이루는 등의 굴곡. 등에서 이어지는 풍성한 꼬리는 그 안에 푹 빠지고 싶을 정도로 매력적이다.

……너무 커서 그렇지.

지금이라도 말려야 하는 것 아닐까? 다른 훈련 방식을 찾는 게 좋을지도?

"킁…… 여, 역시 이 모습은……."

앗차. 아야에게 대답해야지!

나는 풀에 죽어서 고개를 숙이려는 아야에게 급하게 내 감상을 전했다.

"아름다워, 아야야."

그 순간.

"키이이이이잉!"

아야의 꼬리가 붉어졌다. 평소라면 주의를 주는 것으로 끝날 만한 일이지만…….

"불! 야! 불!"

지금은 너무 크다는 거지!

지금 아야의 꼬리에서 나온 불이 예전에 출애굽기라는 영화에서 본 불기둥하고 닮은 것 같은데, 기분 탓이겠지? 누가 기분 탓이라고 말해 줘!

"킁?"

내가 호들갑을 떠는 모습을 보고 아야가 목을 뒤로 돌렸다.

"캬앙?!"

자신의 꼬리가 닿아 있는 곳에서 불길이 치솟아 오르는 것을 아야도 볼 수 있었다.

그보다 저 불, 안 끄면 큰일 나는 거 아니야?

"쯧."

나만 그렇게 생각한 게 아닌지 세희가 손가락을 튕겼다. 언제 꼬리에서 불이 치솟아 올랐냐는 듯이, 불길은 사그라졌다.

"아야 님. 여우불의 사용은 금지입니다. 이유는 아실 거라 생각합니다."

아야가 고개를 푹 숙이며—이 모습이 또 귀여웠다—말했다.

"크응…… 알겠어, 이 고맙아."

"그리고 바둑이가 변할 차례이니 잠깐 뒤로 물러나 주셨으면 합니다."

세희의 말에 아야는 조심스럽게 뒷걸음질을 했다. 그럴 때마다 땅이 살짝살짝 울린다. 크기에 비해 진동이 적은 걸 보아, 나름대로 신경을 쓰는 눈치다.

……그래도 아야가 발을 딛을 때마다 땅이 파이는 것과 그 자리에 있는 나무나 돌 같은 게 부러지는 건 어쩔 수 없지만.

괜찮을까. 이래도 괜찮을까.

"제가 요술로 복구할 거니까 괜찮습니다."

괜찮다고 합니다.

어쨌든, 아야가 본모습으로 변하고 자리를 잡는 것만으로도 한 차례 난리를 겪은 기분이다.

"그러면 시작해도 돼요?"

문제는 앞으로 일어날 난리가 더 많다는 거지.

"괜찮습니다."

세희가 허락하자 바둑이 역시 하얀빛에 휩싸였다.

바둑이가 요괴의 모습으로 변한 모습은 자주 봤기에 나는 마음을 놓고 있었다.

그것이 실수였다.

─크아아아아아아아아아아 아아아!!─

바둑이가 변한 건 평소 보던 강아지 같은 모습이 아니었다.

넓은 마당을 가득 채우다 못해 벗어난 것은, 흉포한 괴물이었다. 새하얀 창호지에 흙으로 그린 듯한 거대한 괴물이, 넘실거리는 황토빛 기운을 뿜내며 그곳에 있었다.

"……헐?"

나는 입을 떡 벌리고 그 모습을 보았다.

저, 저게 바둑이라고? 제가 알던 바둑이하고 많이 다릅니다만?

"저 모습은 오랜만에 보는구나."

랑이는 알고 있는 듯하다. 그것도 내 배에 닿아 있는 꼬리가 살랑살랑 움직이는 걸 보니 꽤나 기분이 좋아 보이는 것 같고.

"저, 저게…… 바둑이라고?"

"아, 성훈이는 처음 보는구나?"

"……너는 언제 봤는데?"

"세희가 처음 데려왔을 때 저랬느니라. 어렸을 때는 저 모습으로 달려들었는데, 발바닥으로 이리 저리 굴리며 놀아 줬더

159

손과 강아지와 여우와

니 착해졌느니라."

야. 네 발바닥에 맞아 본 입장에서 하는 말인데, 그거 그렇게 훈훈한 이야기가 아니거든?

"그보다, 어떠하냐? 저 모습의 바둑이도 귀엽지 않느냐?"

귀여…… 운가? 아니, 귀엽다기보다는 무서운데? 일단 개의 형태를 취하고 있긴 한데, 조금 다르다. 좀 더 알기 쉽게 말한다면, 성질 사납게 자란 날렵한 근육질의 황구(黃狗)의 체구에, 냥이의 담배 연기 같은 황토빛 기운이 넘실넘실 불타듯이 뒤덮고 있다고 보면 된다. 랑이에게 보호받고 있는 나에게도 느껴지는 그 투기(鬪氣)는 몸이 떨릴 정도로 강하다.

그런 바둑이의 본 모습에 넋이 나갔던 건 나뿐만이 아니었다.

"키이잉? 뭐야, 어떻게 저게 돼? 이상해! 본모습이 그 강아지가 아니었어? 저 애는 본체가 두 개라는 거야?"

여우 모습의 아야도 깜짝 놀라서 몸을 낮추고서는 경계하고 있다.

……잠깐! 너는 왜 놀라? 같은 요괴잖아!

"바둑이는 잡종이라서 두 가지 모습으로 변할 수 있습니다. 평소에 보신 바둑이는 **평범한 똥개**의 피를 이은 모습. 풍산개의 요괴인 바둑이의 모습은, 바로 보시는 대로입니다."

아니, 아니, 아니. 그것도 평범한 똥개는 아니거든? 세상의 어느 똥개가 버스만 하냐고?

지금은 더 크지만!

모습을 변한 바둑이는 아야와 비교해도 크게 뒤지지 않을 정도로 컸다.

음.

그러니까…….

저 모습의 아야와 바둑이가 지금 우리 집 근처에서 투닥투
닥하려고 한다는 거죠?

…….

…….

……안 돼. 멈춰. 그런 미래를 나는 감당할 수 없어.

"그럼, 사전에 말씀드린 대로 훈련을 시작하겠습니다."

그리고 집 앞에서 괴수 대결전이 벌어졌다.

"역시 싸움은 아해들 싸움이 재미있느니라."

"아야 님도 꽤 하시는군요. 바둑이와 수가 맞다니."

"세희야! 나도 그 파, 파, 팔콘? 그것 좀 주거라!"

"팝콘입니다, 안주인님. 여기 있습니다. 흠…… 여우불의 사
용은 금지했을 텐데, 머리에 피가 몰리신 것 같군요."

"싸우다 보면 어쩔 수 없지 않느냐. 거기다 상대가 바둑이니
말이니라."

"그렇군요. 조금 더 뒤처리가 귀찮아지기는 하겠지만 어쩔

수 없겠군요."

"아, 그런데 세희야, 마실 것은 없느냐?"

"여기 식혜가 있습니다, 안주인님."

"역시 세희이니라!"

산이 사라졌다. 강이 호수가 되었다. 아름드리나무가 부러지고 커다란 바위가 가루가 되었다. 자욱한 흙먼지가 피어오르고 산천이 두려움에 떠는 가운데, 랑이와 세희가 나눈 대화는 위와 같았다.

……뭐지, 내가 이상한 사람이 된 것 같은데.

이럴 때는 바둑이의 머리라도 쓰다듬으며 마음의 안정을 찾자.

바둑이, 바둑이는 어디 있느냐! 바둑이를 대령하거라! 요괴의 왕인 이 몸이 바둑이를 찾지 않느냐! 바둑이를 빨리 대령하지 못할까!

내가 제정신을 찾은 건 훈련이 모두 끝난 이후였다.

짜투리 이야기

"……그때는 진짜 깜짝 놀랐지."

정말 여러모로 놀랐다. 대요괴급의 요괴들끼리 싸움이 나면 어떤 꼴이 일어나는지 처음 알았으니까. 아니, 사실 그건 싸움이라고 하기도 그렇다. 훈련이었으니까. 적의가 없는 훈련.

이런 일을 비슷한 예로 들면 조금 웃기겠지만, 옛날에 랑이와 아야가 서로의 볼을 꼬집으면서 다툰 정도의 일이라는 말이다.

다른 것이 있다면 아야의 상대가 바둑이라는 것과 둘 다 본 모습이었다는 거지.

"아, 그건 나도 놀랐어."

같이 영상을 본 나래가 말했다.

"전화 끝나고 나와 보니까 집 근처가 폐허로 변해 있었으니까 말이야. 난 또 전쟁이라도 난 줄 알았다니까?"

그렇게 말하며 나래가 입가를 가리며 웃는다.

대범하십니다, 나래 님. 그때 일을 떠올리면 나는 지금도 좀 오싹한데.

다행이 세희의 만능☆요술로 복구는 했지만, 그래도 말이지……

대요괴 싸움에 휘말려서 하늘을 날던 반달곰 한 마리의 슬픈 울음소리는 잊을 수가 없어.

물론, 세희가 잽싸게 구조했습니다.

"나도 깜짝 놀랐었느니라."

나는 최대한 어이없다는 표정을 짓고서 몸을 숙여 품 안에 있는 랑이를 옆에서 바라보며 말했다.

"그런 녀석이 팝콘을 먹으면서 구경을 하냐?"

"응? 아야와 바둑이의 이야기가 아니니라."

"그러면?"

"재밌게 보고 있었는데 뭔가 이상한 느낌이 들어 고개를 들어 보니 네가 얼이 빠져 있지 않았느냐?"

돌이켜 보면 그랬던 기억이 있어 나는 고개를 끄덕였다.

"난 또 네가 무슨 일이라도 당한 줄 알고 깜짝 놀랐다는 말이었느니라."

랑이가 놀랐던 기억은 없는 걸 보아, 정말 내가 정신이 어디 먼 곳으로 떠났기는 한 것 같다.

"아니, 그래도 말이다. 아야하고 바둑이가 그렇게 싸울 줄은 생각도 못 했었다고."

그때.

"도대체 무슨 일이야, 이 시끌벅적들아? 궁금해서 머리도 제대로 못 말리고 나왔잖아!"

목욕을 마치고 나온 아야가 물기를 머금은 긴 머리를 풀어 헤치고서 안방으로 들어왔다.

바닥에 뚝뚝 떨어지는 물방울에 세희의 눈매가 예리해지는 것과 함께, 나는 급히 랑이를 옆에 앉아 있는 나래에게 옮겨 앉긴 뒤 자리에서 일어났다.

수건, 수건이 어디 있더라.

"별것 아닙니다. 자신만 빼놓고 다들 즐거운 한때를 보내는 것에 질투가 나서 나왔다고 말씀하신 아야 님."

세희의 정확한 지적에 아야의 볼과 꼬리가 붉게 물들었다.

응. 꼬리털은 말려 줄 필요가 없어서 다행이군.

"누, 누가 질투를 했다는 거야?! 질투 같은 거 안 했거든, 이 족집게야?"

세희가 옅은 미소를 짓는다. 이러다가 우리 귀한 딸이 또 놀림거리가 될 것 같기에, 나는 아야를 진정시키기로 했다.

"아, 고마워. 아빠."

의자를 가지고 와서 아야를 앉히고 뒤에서 머리를 말려 주는 걸로.

"키히힝~"

기분이 좋은지 콧소리까지 내네.

"……으냐아아. 나도 목욕을…… 으…… 그래도…… 성훈이가 들어가 줄지도 모르고……."

"그때는 내가 말려 줄 거니까 걱정 마, 랑이야."

"으냐앗? 괘, 괜찮으니라! 나래는 바쁘지 않느냐?"

"머리 말려 줄 시간은 있는걸. 그리고 랑이 머리카락은 예쁘고 부드러워서 말려 주는 것도 기분 좋고 말이야."

"그, 그건 고맙지만……."

옆에서 랑이가 귀여운 음모를 꾸미다가 사전에 제지당한 것 같다.

"그런데 아빠. 뭐 하고 있었어?"

나는 궁금해하는 아야에게 지금까지 보았던 일들에 대해 이야기 해주었다.

"키히힝~ 그때 일이었어?"

아야는 기분 좋게 웃으며 말했다.

"좋은 경험이었어. 덕분에 요력을 다루는 데도 많이 익숙해졌고, 바둑이하고 또 해보고 싶을 정도야, 키히힝~ 그때도 뒤처리 도와줄 수 있지, 이 당연아?"

아야가 꼬리를 살랑살랑 흔들어 내 턱 끝을 간질이며 세희에게 말했다. 그와 달리 내 안색은 굳어졌지만.

아야에게 좋은 일이라고는 하지만 이왕이면 내가 없을 때나, 안 보고 있을 때. 혹은 일하고 있을 때 해 줬으면 한다. 그런 파괴의 현장은 자라나는 청소년의 정서 교육에 안 좋으니까.

"주인님께서 관람하신다면, 자리를 마련하지요."

야, 인마!! 너 지금 내 생각 읽었지! 읽었지?!

"키잉? 넌 왜 갑자기 아빠한테 말을 돌려?"

아야가 사정을 잘 모르겠다는 듯 고개를 돌려 나를 보려 했다. 나는 슬쩍 머리를 말리는 척 하며 수건으로 아야의 시선이 닿지 않도록 했다.

그렇게 몇 번을 하자니 아야가 꼬리털을 부풀리며 말했다.

"아빠. 지금 나, 피하는 거야?"

히이이익! 말 한 마디에 몸이 오싹해졌다. 무엇보다 아야의 손톱이 길어지고 뾰족해진 게 가장 무섭다.

"아니. 그게 아니라……."

"그게 아니라?"

이럴 때는 무슨 말을 해야 하나요.

나래 님 도와주세요!

도움의 요청을 받은 나래는 고개를 절레절레 흔들고서는 아야에게 말했다.

"성훈이는 아야하고 바둑이가 싸우는 거 보고 싶지 않은 거야."

"왜? 진짜 싸우는 것도 아닌데."

"성훈이는 은근히 마음이 약하거든. 혹시라도 둘이 다칠까 봐 걱정하는 거야."

아닙니다.

"그래?"

하지만 아야의 손톱이 원래대로 돌아가고 목소리도 한껏 들떴으니까 아무 말도 하지 않기로 했다.

"키히힝~ 하긴, 우리 아빠는 우리 집에서 가장 약하니까.

걱정할 만하지, 이 상냥아."

아야의 말대로 아마 내가 우리 집에서 몸도 마음도 가장 약하지 않을까.

특히, 몸 쪽이.

가화만사성

언제나 활기찬 우리 집이건만, 한 자리에 모여 있는 아이들에 따라 침묵이 지배할 때가 있는 것 같다.

"아우·우·우······."

한 녀석은 귀 위 머리카락을 파닥이며 어떻게든 뭔가를 해 보고 싶은 눈치지만 한 발자국 앞으로 딛을 생각을 못 하고 있고.

슥슥슥.

한 녀석은 요괴 패드라는 물건을 가지고 딴짓을 하고 있으며.

"······."

마지막 녀석은 벽에 등을 기대고서 아무 말도 하지 않고 가만히 있을 뿐이다.

이상이, 내가 일을 하고 있을 때 치이와 페이와 아야, 셋이서만 안방에 있을 때의 풍경이다.

그리고 나는 그 풍경을 보여 준 녀석을 보았다.

여성용 정장을 입은 세희가 내 시선에 슬쩍 안경을 고쳐 쓴다. 겉모습만 보면 어디 만화에서나 나올 법한 미인 여비서 같단 말이지.

처음 봤을 때 왜 그런 옷으로 갈아입고 오냐고 물어보니까, 세희 왈. 그 상황에는 상황에 맞는 복장이 있습니다, 라고 했던가.

……나야, 뭐. 저런 옷을 좋아하니까 아무 말 안 하고 넘어가고 있지만.

"어떻게 생각하십니까, 주인님."

"으, 응?"

당황해서 되묻는 나를 보고는 세희가 입꼬리를 슬쩍 올렸다.

"무슨 생각을 하고 계셨습니까, 주인님?"

위험해!

나는 재빨리 말을 돌렸다.

"그것보다, 페이는 저래도 괜찮아? 일은?"

내가 이런 말을 하는 건 다른 이유가 있는 게 아니다. 내가 하루에 한 번씩 만족할 때까지 뽀뽀를 해 주는 것으로 마음의 안정을 찾은 페이지만, 그렇다고 해야 하는 일의 양이 줄어든 건 아니다. 그게 걱정돼서 한 말이야. 응. 그런 말을 한 이유야 어쨌든.

그런 내 마음에 세희는 한숨을 쉬는 것으로 답했다.

"지금 페이 님께서 손에 들고 계신 것이 뭐라고 생각하시는 겁니까, 주인님."

"어? 저거로도 돼?"

페이의 방을 기억하고 있다면 내가 왜 놀랐는지 이해를 할 수 있을 거다. 난 요괴넷을 관리하는 건 모니터가 많아야 되는 줄 알았다고.

그런 내게 세희가 말했다.

"……앞으로는 주인님을 일곱 살짜리 아이를 바라보는 어른의 시선으로 봐 드리겠습니다."

"모를 수도 있지!"

"아이고. 그러십니까, 주인님. 괜찮습니다. 그러면서 하나씩 배워 가는 것입니다. 그보다 슬슬 한글을 배우셔야 하는데, 괜찮겠습니까? 너무 빠른 것 같긴 한데 적어도 글자는 알아둬야 하지 않겠습니까?"

부글부글 끓는 속을 억지로 가라앉힌다. 내 질문 때문에 화제가 변하긴 했지만 지금 중요한 건 이쪽이 아니니까.

"그보다. 쟤네들 사이가 별로 좋아 보이지는 않는데. 왜 저렇게 된 거야?"

"우쮸쮸쮸. 스스로 생각해 보시면 맛있는 사탕을 드리겠습니다, 주인님."

세희가 안주머니에서 막대 사탕을 꺼내서 내 앞에 좌우로 흔든다. 그 막대 사탕을 그대로 세희의 입속에 집어넣었다.

세희는 막대 사탕을 입에서 꺼내 날름날름 혀로 핥아 먹으며 도발적인 눈웃음을 지었다.

"이런 걸 좋아하시는 줄은 생각도 못 했습니다, 주인님."

"······좋아한 적 없으니까 장난치지 말고. 대답이나 해 줘라."

"알겠습니다. 그러면 일단 이것부터 처리해야 하겠군요."

세희가 문을 열더니 먹던 사탕을 마당으로 던졌다.

나래가 주거나, 유치원에서 간식으로 나올 때만 사탕을 먹을 수 있었던 어린 시절을 보낸 나로서는 그냥 넘어갈 수 없는 일이다.

"먹을 거 귀한 줄 모르고 무슨 짓······."

그래서 한마디 하려고 하는데.

"잘 먹을게요!"

마당 구석에서 잠을 자고 있던 바둑이가 벌떡 일어나 날렵한 움직임으로 달려와 사탕을 받아 먹는 모습을 보고 나는 입을 다물 수밖에 없었다.

세희가 방문을 닫고 입꼬리를 슬쩍 올리며 말했다.

"죄송합니다, 주인님. 다시 한 번 말씀해 주시지 않겠습니까?"

말을 돌려라!

"바둑이 취급이 너무 심한 거 아니야?"

"먹다 남긴 음식들을 한곳에 모아서 준 것도 아닌데 그런 말씀이십니까."

"······너하곤 말을 말아야지."

"치이 님과 페이 님과 아야 님의 사이가 어색한 이유를 듣지 않으셔도 되겠습니까?"

나는 항복했다는 듯 두 팔을 들며 세희에게 말했다.

"왜 그런대?"

세희가 말했다.

"다음 시간에 계속하겠습니다."

책상 위에 굴러다니는 지우개를 잡아 세희에게 던졌다. 지우개는 세희를 그대로 통과해서 벽에 부딪혔다.

뭐…… 라고?!

눈앞에 있던 세희가 흐릿하게 사라지는 것과 동시에 뒤에서 목소리가 들려왔다.

"어딜 공격하시는 겁니까. 그건 잔상입니다."

아, 그러냐.

나는 의자를 돌렸다.

책상 위에 다리를 꼬고 앉아 있는 세희가 코앞에 있었다. 운기 어린 스타킹에 감싸인 날씬한 다리를 까닥까닥 흔든다. 거기서 끝나면 모를까, 슬쩍 반대쪽으로 다리를 꼬다 보니까…….

번쩍!

갑자기 터진 플래시에 깜짝 놀라 고개를 드니, 세희가 휴대폰을 가로로 들고서 이쪽을 향하고 있었다.

"좋은 사진 감사합니다."

이 녀석이 날 놀려 먹기 위해 날을 잡았구나.

뭐, 매일 날을 잡긴 하지만.

"……남자의 슬픈 본성을 가지고 장난치면 재밌냐?"

"이 사진을 나래 님께 보여 드리는 것보다는 재미없겠지요."

"죄송합니다. 잘못했습니다. 사진 좀 지워 주세요."

세희는 빙긋 웃고서는 휴대폰을 상의 안주머니에 집어넣었

다. 화면은 건드리지 않고.

"사진이 지워지기를 바라신다면 제가 드리는 부탁을 들어주시지요."

약점을 잡혔구나! 선택의 자유라는 이름의 새가 저 하늘 멀리 날아가는 환영이 보인다.

나는 뭐 씹은 얼굴로 세희에게 말했다.

"뭔데?"

"주인님께서 저 상황을 해결하시면 됩니다."

세희가 손가락으로 가리킨 것은 내가 놀림받는 도중에도 계속해서 허공에 비쳐지고 있는 안방의 영상이었다.

조금 전에 봤을 때와 다른 점이 있다면.

"아우, 아우우우……."

치이가 귀 위 머리카락을 열심히 파닥이며 아야에게 말을 걸고 있는 것이다!

"아, 아야는 안 심심한 거예요?"

"신경 꺼, 이 참견아."

치이, 격침.

파닥이던 귀 위 머리카락이 추욱 가라앉는 것에서 끝나지 않고, 스으으윽 엉덩이를 떼지 않은 채 방구석으로 움직여 무릎을 끌어 앉는다.

그 모습을 곁눈질로 본 페이가 치이를 향해 글을 썼다.

[저 애, 신경 쓰지 말기.]

"신경 써 달라고 한 적도 없어, 이 답답아."

[······해보자는 거?]

"못 할 것도 없는데?"

페이의 양 갈래 머리카락이 빙빙 돌아가고 아야의 꼬리가 붉게 물든다.

일촉즉발의 위험한 상황!

"싸, 싸우면 안 되는 거예요!"

치이가 두 팔을 파닥거리면서 사이에 끼어들었다. 페이와 아야는 치이를 보고는 서로 반대쪽을 향해 휙, 고개를 돌렸다.

"······쿵."

[······흥.]

아이고······.

더 이상 영상을 보기 힘들어져 이마를 부여잡고 있자니 어느새 책상에서 내려온 세희가 말을 걸었다.

"주인님께서도 보시다시피 세 분께서는 그다지 사이가 좋지 않아서 말이지요."

한 가지 궁금한 점이 생겼다.

"그건 알겠고, 나한테 가르쳐 준 것도 고맙긴 한데······ 네가 왜 치이하고 페이하고 아야한테 신경 쓰고 있는 거야?"

세희가 손가락을 튕기자 공중에 떠 있는 화면으로 건넛방이 보이기 시작했다.

"으······ 으냐아······."

베개를 베고 잠들어 있는 랑이가 나쁜 꿈이라도 꾸고 있는지 인상을 찌푸리며 잠자리를 설치고 있는 모습이 보인다.

……신기한 일이군. 랑이가 저렇게 잠드는 모습은 본 적이 없는데.

물론 그보다 중요한 건, 세희가 내 질문에 랑이가 잠든 모습을 보여 준 이유다.

세희가 말했다.

"세 잡놈, 실례, 세 분께서 험악하게 지내시니 안주인님께서 그 점이 신경 쓰여 숙면을 취하시지 못하셔서 그렇습니다."

"랑이도 셋이 사이 나쁜 거 알고 있어?"

"주인님께서는 아셨습니까?"

나는 고개를 저었다.

"부부는 일심동체라 하지요."

즉, 모른다는 말이다.

"그러면 말이 안 되잖아?"

"신경이 무딘 주인님과 달리 안주인님께서는 험악한 분위기를 느끼실 수 있습니다."

"……낮잠 자면서?"

"안주인님께서 당신의 가족이라 여기신 분들이 안주인님의 영토에서 벌이고 있는 일입니다. 잠들어 계신다 한들, 눈치 못 채실 리가 없지 않습니까."

하긴 랑이는 의외로 섬세한 면이 있으니까.

"그러니 주인님께서 무슨 수를 써 보시지요."

나는 랑이의 숙면을 위해 잠깐 생각에…….

"그렇지 않으시다면 제가 수를 쓰겠습니다."

"역시 생각보다는 실천이지!"

나는 자리에서 일어났다.

아직 해야 할 일이 많이 남아있지만 일단 가족의 안전이 먼저 아니겠어?

그렇기에 난 안방으로 가기 전에 잠시 세희와 함께 건넛방에 들어갔다.

영상에서 봤던 대로 랑이가 이불을 발로 차고서 끙끙거리며 잠자리를 뒤척이고 있다. 나는 입고 있던 티셔츠를 벗어서 랑이의 위에 덮어 줬다.

"음냐아아~"

언제 잠결에 뒤척였냐는 듯, 랑이가 편안한 얼굴로 내 티셔츠를 끌어안고서 푹 잠들었다. 나는 세희에게 손을 내밀었다. 세희는 아무 말 없이 소매에서 티셔츠를 꺼내 내게 건네줬다.

……언제 또 한복으로 갈아입었는지 모르겠네.

별 상관없는 생각을 하며 나는 새 티셔츠를 입고는 안방으로 향했다.

문을 열고 들어가자 치이와 페이와 아야가 나를 맞이해 주었다.

"아우우우? 벌써 끝나신 거예요, 오라버니?"

"일 끝났어, 이 성실아?"

[땡땡이임?]

웃는 얼굴로.

세희가 보여준 영상이 합성이나 CG가 아닐까 의심될 정도로 말이야.

……우와, 무섭다.

하지만 나래와 세희로 인해 날카롭게 길러진 눈치는 미묘한 분위기를 놓치지 않았다.

그래.

페이가 쓴 글과 아야가 한 말에 치이가 살짝 어깨를 움찔 떤 것.

페이와 아야가 서로의 말과 글을 듣고 본 뒤, 아주 잠깐 동안 째려본 것.

그 두 가지를 말이야.

"하아……."

나는 한숨을 쉬고 일단 소파에 앉았다. 서서 할 이야기는 아니니까 말이야.

"키히힝~ 무릎은 내 거~!"

아야가 재빠르게 내 무릎 위에 앉으려고 했고, 그걸 바라보는 페이의 두 눈이 잠깐 동안 도끼눈이 되었다.

"잠깐만, 아야야."

나는 손을 들어 일단 아야를 말렸다. 기분 좋게 내 무릎 위에 앉으려고 했던 아야가 의아해하며 멈칫했다.

"키잉?"

"너희들한테 할 이야기가 있으니까 치이하고 페이도 이리 와 봐."

내가 손짓을 하자 치이하고 페이도 고개를 갸웃거리면서 앞으로 왔다.

"앞에 앉아."

내 분위기가 평소와 다르다는 것을 눈치챘는지 사이 안 좋은 세 녀석들이 페이, 치이, 아야 순으로 내 앞에 쪼르륵 앉았다.

자, 무슨 말부터 꺼낼까.

"……무슨 일이야, 아빠? 얼굴이 왜 그렇게 무서워?"

생각을 정리하기 전에 아야가 먼저 불안해하는 목소리로 내 눈치를 살살 살피며 말했다. 아야가 물꼬를 틀자 치이와 페이가 그 뒤를 이었다.

"오라버니, 안 좋은 일이라도 있는 거예요?"

[……물에 정력제 탄 거, 들킴?]

야! 페이, 너! 어쩐지 요즘에 힘들더라!

할 말이 있는 건 나뿐만이 아니었는지 치이와 아야가 고개를 돌려 페이를 봤다. 아야는 그렇다 쳐도 치이의 시선을 견딜 수 없었는지, 페이가 급하게 변명을 썼다.

[요즘 피곤해 보여서 그랬던 거임.]

피곤해 보이다고 물에 정력제를 타는 건 아니지 않냐?

아니, 아니지. 지금 이럴 때가 아니다.

"크흠."

나는 헛기침을 해서 아이들의 시선을 내게 모은 뒤 말했다.

"그런 게 아니라."

페이가 가슴을 쓸어내리며 안도의 한숨을 쉰다.

아서라. 나중에 시간 내서 혼낼 거니까.

"너희 셋이 사이가 안 좋은 것 같아서 할 말이 있는데."

내 말에 세 명은 각기 다른 반응을 보였다.

"아우, 아우우, 아우우우우……."

치이는 허둥대며 귀 위 머리카락을 격렬하게 파닥이면서 폐이와 아야를 번갈아 보더니 푸욱 고개를 숙였다.

[성훈이 신경 쓸 건 아님.]

폐이는 똑바로 나를 올려다보며 그렇게 글을 썼고.

"킁? 이 애들하고 사이가 좋아야 할 이유는 없잖아?"

아야는 당당하게 반론했다.

아, 뭐, 그렇긴 하지. 아이들끼리는 사이가 안 좋을 수도 있는 법이다. 그걸 어른이 나서서 어떻게 해 보려는 것도 이상한 일이고 말이야.

거기다 치이하고 폐이하고 아야는 다들 착한 아이들이다. 시간만 지나면 다들 알아서 친해지겠지.

하지만.

"……."

세 아이들의 뒤쪽, 즉, 내게 있어서는 정면에서 기척을 숨긴 채 붉은 혀로 손에 든 식칼을 핥는 살인귀 녀석은 그런 여유가 없는 것 같다.

"그게 말이다…… 걱정 돼서 그렇지."

치이가 앉은 채로 무릎을 펴며 말했다.

"거, 걱정하실 건 없는 거예요! 오라버니께서 걱정하실 일은 아무것도 없는 거예요! 폐이하고 아야가 사이가 안 좋기는 하지만, 금방 친해질 거예요!"

그렇지? 라고 묻고 싶은 듯 치이가 페이와 아야에게 눈짓을
했다. 그 모습을 보며 페이와 아야가 싸늘하게 식은 눈으로
글을 쓰고 말을 했다.

[이런 상황에서 친구 버리고 착한 척.]

"큥! 자기는 쏙 빠지지 마. 이 가증아."

"아우우우? 그, 그런 게 아닌 거예요! 그런 게 아닌 거예요!"

억울한 모함을 당한 치이가 귀 위 머리카락을 파닥이며 결
백을 주장했다.

[애초에 잘못은 아야에게 있음.]

페이는 아야를 고발했고.

"키이잉? 내가 뭘 잘못했다는 거야, 이 거짓말쟁이야! 이상
한 말하지 마!"

아야는 억울하다는 듯이 벌떡 일어나서 꼬리털을 부풀리면
서 화를 냈다.

분위기가 험악해지는 것 같기에, 나는 뭔가 글을 쓰려는 페
이에게 손바닥을 보여 말렸다.

"너무 흥분했다, 너희들."

지금 너희들 뒤에서 물을 내뿜으며 칼춤을 추는 세희를 눈
치채지 못할 정도로 말이야.

"일단 앉아."

내 말에 아야가 입술을 삐죽거리며 제자리에 앉았다. 치이
도 다시 무릎을 굽히고 앉았다.

나는 왜 이렇게 되었나 싶어 한숨을 쉬고는 서로에 대한 믿음이 가장 강한 치이에게 말했다.

"치이야."

"예, 오라버니."

"내가 모르는 사이에 무슨 일이 있었는지 말해 줄 수 있어?"

치이가 고개를 끄덕이는 것과 동시에 아야가 벌떡 일어나며 살짝 올라간 목소리로 내게 말했다.

"잠깐만, 아빠. 왜 나한테 안 묻는 건데?"

이에 질세라 페이도 벌떡 일어나서 글을 썼다.

[난 레포트 작성 가능!]

"키히힝? 넌 말하는 법부터 배워!"

[아야는 이상한 말버릇부터 고치길.]

"캬아아앙?!"

[해보자는 거? 해보자는 거?!]

두 녀석이 서로를 노려본다.

음.

이런 짓을 하긴 정말 싫지만, 두 녀석이 싸울 것 같기에 나는 소파의 팔 받침대를 주먹으로 내리쳤다.

"진정해."

가죽이라 큰 소리는 나지 않았지만 페이와 아야가 움찔 떨고는 몸을 움츠리며 입을 다물고 조용히 제자리에 앉게 만드는 것에는 효과적이었다.

칫, 생각보다 더 기분이 나쁘네. 다시는 이런 짓을 하지 않기로 결심한 뒤, 나는 말했다.

"치이야."

치이가 말했다.

"아우우우…… 언제부터 말해야 하는지 모르겠는 거예요. 그래도 아마 처음은 그때의 일 때문이었을 거예요. 저희 셋이 세희 언니의 소매에서 나오고 나서 오라버니가 랑이를 만나기 전까지 있었던 일이요."

기억하고 있다.

날 위로해 준다고 이 셋이서 여러 가지 일을 벌였지.

"지리산에 내려온 다음에 아야가 그때 일을 언급하면서 말했던 거예요. 우리 아빠한테 수작 부리지 말라고요."

나는 고개를 돌려 아야를 보았다.

아야가 풍성한 여우 꼬리를 앞으로 가지고 와서는 붉어진 볼을 가리며 말했다.

"아빠는 내 거인걸!"

어, 그래. 그것 참 아빠 입장에서는 고마운 말이지만…….

"그래서 페이가 화가 났던 거예요."

치이가 잠시 숨을 고르는 동안 페이가 쓴 글이 보였다.

[성훈은 공공재임. 아무도 독차지하면 안 됨.]

"아빠는 내 거거든?!"

나는 나의 것이다.

[가장 늦게 안 애가 할 소리가 아님!]

그렇게 따지면 너도 그렇게 빠른 건 아니다.

"캬앙! 그게 무슨 상관이야?! 아빠는 내 인생 책임져 준다고 했는데!"

[그렇게 따지면 난 둥지 틀어도 된다고 함!]

아니, 이런 생각을 할 때가 아니지. 둘이 다시 싸우기 전에 나는 말했다.

"일단 이야기부터 다 들으면 안 될까? 응?"

"……큥."

[알겠음.]

아야와 페이가 입을 다물자 치이가 가슴에 손을 대고 한숨을 쉬고서 말을 이었다.

"하우우우…… 그래서 둘이 사이가 안 좋아진 거예요."

끝이었냐! 그게 끝이었냐?! 그 일에서 심각한 문제로 발전한 줄 알고 걱정했잖아!

……아니, 잠깐만. 뭔가 이상하다. 뭔가 놓치고 있는 게 하나 있는 것 같은데.

그런 생각을 하고 있는데 갑자기 페이가 번쩍 손을 들고서 글을 썼다.

[이견 있음.]

나는 잠시 생각을 뒤로 미루고 페이에게 말했다.

"뭔데?"

[치이도 다르지 않음.]

나는 치이를 보았다.

화악, 하고 얼굴을 붉힌 치이가 격렬하게 귀 위 머리카락을 파닥이고 있었다.

……치이야. 우리, 서로를 믿고 의지할 수 있는 사이 아니었니?

"꺄우우우! 그건 아닌 거예요! 전혀 다른 이야기인 거예요, 오라버니!"

고개를 붕붕 흔들며 열심히 부정하지만 폐이는 사악한 미소를 지으면서 글을 썼다.

[나하고 아야하고 싸울 때 치이가 한 말이 끝내줬음.]

"큭. 그건 그래, 이 사실아."

"아닌 거예요! 그런 게 아닌 거예요!"

나는 허둥대면서도 열심히 자신의 결백을 주장하는 치이에게서 폐이를 향해 시선을 돌리며 말했다.

"뭐라고 말했는데?"

폐이가 글을 썼다.

[치이 : 오라버니께서 곤란해하시니까 그런 말하면 안 되는 거예요. 서로 사이좋게 지내야 하는 거예요.]

……뭐가 문제지? 의아해하고 있자니 아야가 내 궁금증을 풀어 주었다.

"교활이가 저런 말하는 것 자체가, 이미 우리 둘을 깔보고 있는 거야. 이미 자기는 우리보다 위에 있다고 생각하는 거지."

머리가 아파 온다.

그게 그렇게 해석되냐? 하지만 치이가 당황하는 걸 보니 그런 마음도 없지 않아 있었던 것 같기도 하다.

하지만 끝나지 않은 폐이의 글을 다 읽었을 때.

[치이 : 안 그러면 둘이 없을 때 오라버니께서 스트레스 해소한다고 제 패, 팬티를 막 엿보고 가, 가슴도 막 만지시는 거예요.]

나는 소리칠 수밖에 없었다.

"야! 내가 언제 그랬다고! 내가 언제 그랬다고오오오! 어디서 허위 사실을 유포하고 있어?!"

불어오는 산들바람에 치이의 치마폭이 팔락이면서 본 적은 있고, 무릎 위에 앉히고서 끌어안으려다가 실수로 손이 가슴을 건드린 적은 있다.

하지만! 절대 고의로 그런 적은…… 없을 거라고!

"아우, 아우우우!"

내가 무섭게 노려보자 치이가 허둥대다가는 손바닥을 짝! 치고서는 시선을 돌려 자신의 가장 친한 친구를 바라보며 말했다.

"그렇게 말하는 페이도!"

우와, 시궁창이다.

"자기는 요괴넷에 오라버니하고 매일매일 뽀뽀한다고 자랑하고 있는 거잖아요! 그러면서 오라버니하고 가장 찌, 찐한 스킨십을 하는 건 자기뿐이라고 하고요!"

페이가 쩌적 굳어 버렸다.

[그걸 어떻게 앎?]

아야가 입가에 여우 꼬리를 살랑살랑 흔들며 말했다.

"큭? 나까지 기계치라고 생각한 건 아니겠지, 이 덜렁아?"

나는 페이를 보았다. 샥, 페이가 내 시선을 피한다. 몸을 기울여 페이와 시선을 맞추려고 하자, 샤삭, 다른 방향으로 피한다.

페이의 양 볼을 잡아 억지로 시선을 맞춘다.

"야, 인마. 그런 걸 도대체 왜 쓰는 거야?"

페이는 내 질문에 대답하지 않고, 오히려 두 눈을 감고서는 두 팔을 뻗으며 입술을 쭈욱 내밀었다.

나는 양 볼을 쭈욱 당겨줬다.

[아파!]

"아프니까 잘못이다, 이 녀석아."

팔을 바동바동거리면서 고통을 호소하기에 놓아주기는 했지만.

페이는 부어오른 양 볼을 두 손으로 감싸 안고서는 글을 썼다.

[하지만 사실은 사실.]

"아니, 그게 문제가 아니지."

덕분에 치이와 아야의 심기가 불편해졌다는…….

그때.

나는 내가 놓치고 있었던 것이 무엇인지 깨달았다.

으음…….

"오라버니?"

[왜 그럼?]

"키잉?"

나는 잠시 치이와 페이와 아야에게 조용히 있으라는 뜻으로 손을 내밀고서는 그대로 이마를 짚었다.

이 녀석들, 지금까지 연기한 거구나.

자기들 사이가 안 좋은 게, 단순히 나에 대한 마음 때문에 살짝 질투하다 보니 그렇게 되었다고 내게 보여 주기 위한 연기를 말이야.

왜 그렇게 생각하냐고?

세희가 보여 줬던 영상에서는 페이와 아야의 사이가 안 좋고, 그 사이에 치이가 끼어들어 어떻게든 셋이서 사이좋게 지내보려고 노력하고 있었다. 하지만 지금은 삼파전 양상으로 흘러가고 있지.

앞뒤가 맞지 않는다.

그렇다면 나는 당연히 내가 없을 때 보였던 셋의 태도에 더 무게감을 실을 수밖에 없다.

"……오라버니?"

내가 아무 말도 하지 않고 인상을 찌푸리고 있는 게 마음에 걸리는지, 치이가 불안한 목소리로 나를 불렀다.

뭐라고 대답해야 할지 생각이 나지 않아 계속해서 입을 다물고 있자, 아야가 말했다.

"큭. 됐어, 이 성실아. 이미 들킨 것 같으니까."

[이럴 때의 성훈 눈치는 백만 불짜리 눈치.]

고개를 들어 보니 울상인 치이와 올 것이 왔다는 표정의 아야와 페이가 있었다.

나는 말했다.

"왜 그랬어?"

치이와 페이와 아야에게 나쁜 의도가 있을 리는 없지만 궁금한 건 궁금한 거다.

지금 내 기분이 살짝 나빠진 건 그 이유를 모르기 때문이라고.

[이런 부분에서는 또 둔해짐.]

"그게 아빠 매력이긴 하지만 말이야."

"아우우우, 지금 그런 말할 때가 아닌 거예요. 오라버니께서 화가 난 거예요."

나는 고개를 가로저었다.

"화가 난 건 아니야. 분명히 무슨 이유가 있어서 그랬던 걸 테니까."

[기분은 나빠 보임.]

나는 씨익 웃고는 페이에게 이쪽으로 오라고 손짓을 했다.

[……뭔가 불길함.]

나는 손짓했다.

페이는 불안해하면서도 자리에서 일어나서 슬금슬금 내게 다가왔다. 나는 페이의 허리를 잡아서 휙, 몸을 뒤로 돌리고서는 내 허벅지 위에 앉히고 한 팔로 끌어안았다.

치이와 야아가 순간적으로 부럽다는 표정을 짓고 페이가 으쓱 하고 콧대를 높였지만.

"그걸 아는 녀석이 그래?!"

옆구리를 간질이는 순간 입장이 변했다.

"꺄하아아앙?!"

페이가 탁한 목소리를 내면서 엉덩이를 들썩들썩, 두 팔을 바동바동, 어떻게든 품에서 도망치려고 애쓴다. 하지만 나는 놓아줄 생각이 없다.

잠시 후.

"……헉, 헉."

안간힘을 쓰며 도망치려는 페이를 붙잡고 있느라 나 또한 숨이 거칠어졌지만 효과는 충분히 있었다. 진이 빠져 버린 페이가 혓바닥을 내놓고 침을 질질 흘리며 방바닥에 드러눕게 되었으니까. 아직도 간지럼의 여파가 남아있는지 몸을 움찔움찔 떠는 모습이 묘하게 에로…….

아니, 됐고.

"……오라버니는 귀축인 거예요."

"……저런 모습은 처음 봐."

내가 왜 귀축이야. 그리고 난 이런 장난을 옛날부터 잘 치곤 했다고. 요즘에는 여러모로 바쁘고 놀 시간이 없어서 잘 못 했지만.

"너희 둘도 제대로 대답 안 하면 페이처럼 된다."

기분 탓이겠지. 치이가 살짝 기대에 찬 날갯짓을 한 것 같은데.

"무슨 생각하는 거야, 이 음란아!"

나만 그렇게 생각한 건 아닌지, 아야가 싸늘한 시선을 치이에게 향한다.

"까우우우! 아닌 거예요! 아무것도 아닌 거예요!"

치이가 나와 아야를 번갈아 보며 허둥댄다.

"그러면 제대로 된 이유를 말해서 네 순수를 증명해 봐라."

치이가 말했다.

"오, 오라버니가 걱정하실 것 같아서 그랬던 거예요."

나는 아야를 봤다.

"컁!"

아야가 팔짱을 끼고는 고개를 휙 돌렸다.

"사실이야, 이 신경꾼아. 나하고 페이하고 사이 안 좋은 걸네가 알면 걱정할 것 같아서, 만약 들키게 되면 질투 탓하자고 말 맞춰 놨던 거야."

"그게 오라버니가 가장 덜 걱정할 것 같았으니까요."

발상은 좋지만 생각이 얕다.

내가 누구냐. 세희의 미묘한 표정 변화까지 읽어 낼 수 있는 눈치의 화신이다. 내가 모를 리가 없⋯⋯.

"그래도 2주 동안은 잘 숨겼는데 어떻게 안 거야?"

없었구나!

"아우우우⋯⋯ 그런 거 물어보면 안 되는 거예요."

"쿵, 사실 물어볼 것도 없지만. 그 검은 귀신이 알려 준 거지?"

"⋯⋯그건 또 어떻게 알았냐."

아야가 기분 좋게 코웃음을 치며 말했다.

"그야, 아빠는 둔감하니까."

나는 빙긋 미소 지었다. 어째서인지 치이가 두 손으로 얼굴을 가렸고 아야가 움찔 몸을 떨고서는 뒤로 스스슥 물러났다.

나는 아야에게 손짓했다.

"키, 키이잉!"

아야는 고개를 가로저었다.

나는 다시 한 번 손짓했다.

"가, 간지럼 태우지 마. 하면 화낼 거야."

나는 또다시 한번 손짓했다. 아야는 극도로 불안해하면서도 내 허벅지 위에 앉았다.

잠시 후.

페이와 똑같은 신세가 된 아야를 옆에 잘 눕히고서 나는 치이에게 말했다.

"그래서. 저 녀석들은 왜 그렇게 사이가 안 좋은데?"

공범자들이 형벌을 받는 모습을 봤기 때문일까. 치이는 덜덜 떨면서 숨기는 것 없이 내게 사실만을 말했다.

기억하고 있을지 모르겠지만, 페이에게는 요괴 마을에서 받은 마음의 상처가 하나 있다. 지금이야 많이 나아졌지만, 그렇다고 한들 그 상처가 없던 일이 되는 것은 아니다.

그리고 아야는 요괴 마을 출신이다.

"아야가 페이를 괴롭히던 아이 중 하나였다는 말은 아닌 거예요."

그건 나도 안다.

아야는 요괴 마을에 살던 때도 외톨이처럼 혼자 뚝 떨어져 살던 녀석이고 애초에 그럴 성격도 아니니까.

중요한 건, 페이가 아야를 만난 지 얼마 안 되었다는 거다.

"오라버니께서 힘들어하실 때는 괜찮았어요. 서로 서먹하게 지낼 틈도 없었으니까요."

만화나 소설을 보면 자주 나오는, 힘을 합쳐 공공의 적을 물리치는 것과 비슷하다는 이야기다.

그때 내가 좀 정신적이든 육체적이든 힘든 시기였으니까.

"하지만 지금은 다른 거예요. 오라버니가 바쁘긴 하지만 별 일은 없으니까요. 그래서 페이가 살짝 아야를 어려워하는 모습을 보였고, 아야는 그게 마음에 안 들어서 결국 둘이 티격태격하게 된 거예요."

나는 사이좋게 정신을 잃고 누워 있는 두 녀석을 보았다.

그러니까, 내가 나설 것도 없이 시간만 지나면 어련히 친해질 일이었다는 거다.

방구석에서 숫돌에 식칼을 갈고 있는 저 녀석만 없다면 말이지.

나는 세희에게 말했다.

"그냥 좀 기다리면 될 일을 꼭 내가 끼어들어야 했냐?"

"안주인님께서 숙면을 취하지 못해 눈 밑에 기미라도 끼는 날이 오면 제가 어떻게 행동할지 저 자신도 상상이 안 됩니다만, 그래도 괜찮으십니까?"

세희가 번쩍거리는 식칼을 이리저리 둘러본다.

"꺄우-우-우?!"

이제야 세희가 있는 걸 안 치이가 겁을 먹고서 달라붙기에 나는 머리를 쓰다듬어 주며 말했다.

"알겠으니까 그 식칼 좀 집어넣어라."

"주인님의 발톱으로 만든 식칼이니 걱정하실 것은 없습니다. 지금 중요한 건 어떻게 하면 페이 님과 아야 님의 사이를 좋게 만들 수 있을 것인가, 입니다."

검은 녀석들은 흰 녀석을 과보호하게 되는 병에 무조건 걸리게 되는 걸까.

하지만 나도 페이와 아야의 사이가 조금이라도 빨리 좋아지게 된다면 나쁠 것이 없기에 그 방법을 내 경험을 토대로 잠시 생각해 보기로 했다.

으음…….

"모르겠는데."

"……오라버니는 어렸을 때 뭘 하면서 놀았던 건가요?"

"어렸을 때라……. 들려줄 만한 이야기는 아니야."

나이만 어리지 않으면 경찰에 잡혀갔을 정도로 나쁜 녀석이었으니까. 그때의 나를 치이에게 알려 주고 싶지는 않다.

좋은 오빠로서 있고 싶으니까.

"그래도 저는 오라버니가 어렸을 때 어떻게 놀았는지 진짜 진짜 궁금한 거예요. 말씀해 주시면 안 되는 건가요?"

하지만 치이의 애절한 부탁에, 나는 과거의 편린을 살짝 이야기해 줄 수밖에 없었다.

"그러니까…… 고무줄을 끊는다거나, 공기놀이할 때 안에 들어가는 무게 추를 빼돌린다거나, 제기의 깃털을 잘라 버린다거나, 실뜨기할 때 상대방이 절대 받을 수 없는 형식으로 짠다거나, 블록 놀이할 때 완성 직전에 발로 차 버린다거나, 열심히 만든 눈사람에 빨간 물약을 물에 풀어서 부어 버린다거나, 2인 3각을 하는 애들이 구호를 셀 때 엇박자로 소리친다거나, 땅따먹기할 때 다리를 질질 끌면서 다닌다거나, 쎄쎄쎄할 때 노래를 너무 빠르게, 또는 느리게 부른다거나, 공이 올 때마다 일부러 멀리 차 버린다거나…… 그러면서 놀았어."

"……오라버니."

치이가 나를 보는 시선이 인간쓰레기를 보는 그것으로 변했다. 아니, 인간쓰레기면 낫지. 저건 한 마리가 보이면 백 마리가 집 안에 있다고 하는 그 벌레를 볼 때의 시선이다.

"그, 그러니까 말하기 싫었다고."

나는 급히 화제를 돌리기 위해 머리를 굴렸다.

뭐 좋은 방법 없을까? 아야와 페이가 사이좋게 지낼 수 있을 만한 놀이가…….

그, 그래! 조금 전에 말한 것 중에서 괜찮은 게 있었다!

"그것보다 좋은 생각이 났어!"

이번에는 넘어가 주겠다는 듯이 내 이야기에 귀 기울이는 치이에게, 나는 말했다.

"2인 3각 달리기를 하는 거야!"

그렇게 해서.

우리 집안 아이들을 대상으로 한 2인 3각 달리기 대회가 저녁 식사 전에 열리게 되었다. 아이들은 2인 3각 달리기라는 것을 몰랐지만 '주인님도 이해할 수 있는 알기 쉬운 2인 3각 달리기 설명회'를 세희가 열어 줬다.

그보다 문제는 다른 쪽에 있지.

"……너, 이런 거 할 시간 있어?"

곰의 일족의 예비 수장으로서 알아야 할 것들을 공부하느라 바쁜 나래의 목소리가 살짝 날이 서 있거든.

"사실 없습니다."

"에휴……."

나를 탓하는 느낌은 별로 없지만. 갑자기 일을 벌인 이유가 아이들에게 사이좋게 지낼 수 있는 계기를 만들어 주기 위해서라는 걸 나래도 알고 있으니까 말이지.

내가 하자고 한 놀이가 2인 3각이다 보니, 같이 달릴 팀을 나누게 되었다. 팀을 나누는 조건은 체구보다는 힘의 밸런스에 중심을 두었다. 예를 들어 랑이와 바둑이가 같은 팀을 맺으면, 그 순간 1등은 정해지는 것과 다름없으니까.

그렇게 해서 나눠진 팀은 다음과 같다.

나래와 세희. 랑이와 치이. 나와 바둑이. 그리고 당연하겠지만 폐이하고 아야.

"오옷! 이건 꽤 재미있겠느니라!"

랑이는 즐거워 보이는 것 같다. 나랑 같이 놀면 뭐가 재미있지 않을까만. 나와 마찬가지로.

그에 비해 랑이의 짝이 된 치이는 귀 위 머리카락을 파닥이며 걱정이 가득한 목소리로 말했다.

"아우우우, 너무 빨리 달리시면 크, 큰일 나는 거예요."

"안심하거라! 치이가 다치는 일은 없을 것이니라!"

당당하게 가슴을 피는 랑이의 모습에도 치이의 표정은 밝아질 줄을 모른다.

너도 눈치챘구나. 랑이가 빨리 안 달린다고 말하지 않은 걸 말이야.

하지만 나도 지금 치이 걱정을 할 때가 아니다.

"같이 열심히 달려요, 도련님."

바둑이가 꼬리를 획획획획 흔드는 걸 보니 엄청 신이 난 것 같으니까.

"······나한테 안 맞춰 주면 큰일 난다. 알겠지?"

"알겠어요!"

왜 나는 2인 3각에서 목숨의 위협을 느끼는 건지 모르겠군. 그래도 바둑이는 제대로 대답했으니까.

응. 괜찮을 거야. 괜찮을 거다. 괜찮다고 말해 줘, 누구라도.

"내가 왜 너하고 같은 편인지 모르겠네."

"저는 불만이 없는 줄 아십니까. 그보다 용도라고는 뭇 남성들을 발정 나게 만드는 용도로밖에 쓰이지 않는 기름 주머니로 저를 미는 짓은 그만 하시지요."

"……아, 그래? 미안. 내가 생각을 못 했네. 그래도 플러스 마이너스 제로니까 괜찮을 줄 알았지."

"호오, 그러십니까. 그렇다면 나래 님의 신뢰에 보답하기 위해서 요술을 부려도 되겠습니까?"

"어디 한 번 해 보시지? 나도 적당히는 안 끝날 테니까."

나래와 세희의 관계도 괜찮다고 말해 줘! 제발!

나는 지금 아야와 페이에게 신경 쓰는 것도 바쁘다고!

"……킁. 아빠는 쓸데없는 걱정만 많아서."

[누구 때문임?]

"나 때문만은 아니거든, 내성아!"

[난 내성적인 거 아님. 사람을 가리는 거지.]

랑이의 숙면을 걱정하기 전에 내 위장을 걱정해아 할 것 같다. 바둑이의 머리라도 쓰다듬으면서 마음의 안정을 찾고 싶지만 아직 시작도 안 했는데 그럴 수는 없는 법.

나는 마음을 굳게 다지고 목소리를 높였다.

"그러면!"

다행이라고 할까.

서로 티격태격하던 나래와 세희, 페이와 아야.

골을 바라보며 지금이라도 달려갈 준비를 하던 랑이와 바둑이.

불안에 떨며 귀 위 머리카락을 파닥이던 치이.

모든 이의 시선이 내게 향했다.

단순한 2인 3각 달리기에 이런 말을 해야 한다는 사실에 속으로 눈물을 흘리며, 나는 말했다.

"이건 간단한 놀이니까 다들 다치는 일이 없도록 조심하고."

특히, 나.

특히, 나!

"요술 같은 건 쓰지 않기다? 응?"

"걱정 말거라!"

랑이가 기운차게 대답했다. 그래, 넌 요술은 안 써도 요력은 잘 쓰지. 그걸 또 말릴 수 없는 게 요괴에게 요력의 사용을 금지하라는 건 인간에게 숨을 참으라는 것과 마찬가지라는 소리를 설명회에서 들었거든.

어쩔 수 없는 건 어쩔 수 없는 거고, 나는 바둑이의 어깨를 손으로 잡으며 말했다.

"그러면, 준비."

바둑이의 손이 내 허리 뒤쪽에 닿는 것이 느껴진다. 원래라면 어깨나 허리에 둘러야 하지만 체구가 작아서 어쩔 수 없지.

나는 숨을 들이마시고, 긴장감이 넘치는 가운데 외쳤다.

"시작!"

그리고.

우당탕!

누가 먼저라고 할 것 없이 다들 넘어졌다.

그래. 이게 내가 노린 거다. 그래서 2인 3각이 무엇인지 설명만 하고 연습은 하지 않았지!

참고로 나와 바둑이가 넘어지게 된 이유는 서로 같은 발을 내딛었기 때문이다.

"도련님, 괜찮으세요?"

흙먼지에 뒤덮인 바둑이가 걱정스러운 목소리로 내게 물었다. 바둑이는 괜찮은 것 같다. 애초에 넘어질 걸 예상한 내가 바둑이를 끌어안아서 내 몸 위로 올렸기 때문이지만.

……바둑이가 나보다 튼튼한 건 알고 있지만 그래도 인간으로서 지켜야 할 무엇인가가 있는 거 아니겠어?

반려동물은 소중히 하자고.

"응, 나는 괜찮아."

나는 그렇게 말하며 주위를 둘러보았다.

넘어진 채로 투닥투닥 하고 있는 랑이와 치이가 보였다.

"치이야! 걸음이 너무 짧지 않느냐?"

그럴 때는 보폭이 좁다고 해야 하는 거다, 랑이야.

"꺄우우우! 랑이가 너무 크게 걷는 거예요!"

"그렇게 해서 어떻게 1등을 하겠느냐? 성큼성큼 걸어야 하는 것이니라!"

"저, 저는 치마를 입은 거예요!"

아, 그러고 보니 치마가 올라가서 푸른색 줄무늬 팬티 아래로 뽀얀 엉덩이가 보인다. 나는 시선을 돌렸다.

"너, 일부러 그런 거지."

"무슨 말씀이십니까?"

"일부러 넘어진 거잖아!"

"무슨 말씀이신지 모르겠습니다."

"……됐으니까 비켜."

"그것보다 감사합니다, 나래 님. 덕분에 다치지 않을 수 있었습니다. 기름 주머니가 쿠션의 역할을 할 수 있어서 다행이군요."

"꺄앙~! 뭐, 뭘 하는 거야?!"

"안정성 테스트입니다."

그곳에는 뒤로 넘어진 나래와 그 위에 엎어져서 두 손으로 가슴을 주무르고 있는 세희가 있었다.

나는 급히 시선을 돌렸다.

"……"

[……]

엉덩방아를 찧은 상태로 서로를 노려보고 있는 페이와 아야가 있었다.

"그것도 하나 제대로 못 해, 이 바보야?"

[제대로 못 한 건 아야도 똑같음.]

"키이잉? 말했잖아! 처음에는 왼발이라고!"

[그러면 아야는 오른발부터 해야 했음.]

"내가 왼발이라는 거였단 말이야, 이 답답아!"

[그런 말 없었음.]

"키이이잉~?!"

아이고, 싸우겠다. 싸우겠어.

하지만 2인 3각 달리기라는 건 어찌 되었건 서로가 서로에게 맞춰 주지 않으면 할 수 없는 경기다.

"도련님?"

바둑이의 목소리에 나는 정신이 들었다.

"아, 미안."

그래. 지금은 나도 달리기에 참가하고 있는 선수다. 다른 애들 신경 쓸 때가 아니지.

나는 바둑이와 함께 일어나서 다시 자세를 잡고서 말했다.

"바둑아."

"예, 도련님."

"내가 하나라고 말하면 오른발, 둘이라고 말하면 왼발을 딛는 거야. 알았지?"

"예!"

"보폭은 내가 맞춰 줄게. 일단 천천히 가 보자."

바둑이가 고개를 끄덕였다.

"하나."

그렇게 나와 바둑이는 서로의 보폭에 맞춰 주며 조금씩 앞으로 걸어 나갔다. 그렇게 몇 걸음 걷다 보니 상황이 궁금해서 슬쩍 뒤를 돌아보았다. 나래와 세희가 서로 티격태격하면서도 빠르게 쫓아오고 있었고, 랑이와 치이도 뒤질세라 하나 둘, 하나 둘 하고 구령을 외치며 걷고 있다.

가장 걱정되는 두 녀석은 보이지 않았지만, 지금은 그 아이들을 믿을 수밖에 없다.

　무엇보다 조금 시간이 지나자 다들 익숙해졌는지,

　"그러니까! 좀 적당히 걸어!"

　"젖소에게 맞춰 주는 인간이 세상 어디에 있습니까."

　"그러면 너는 빨래판이게?!"

　"그렇게 저하고 한판 붙고 싶으십니까?!"

　살기 넘치는 나래와 세희!

　"치이야! 넌 날개짓을 하거라!"

　"아우우우! 그건 반칙인 거예요!"

　"반칙은 아니니라! 새에게 있어서 날개란 앞발이나 다름없지 않느냐?!"

　"그, 그건 도대체 무슨 논리인 건가요?!"

　"에잇! 시간이 없느니라!"

　"꺄우우우우~!! 저도 모르는 거예요!"

　뭔가 꿍꿍이가 있는 듯한 랑이와 치이가 달리기 시작했으니까!

　"우리도 질 수 없어요, 도련님!"

　힐끗 뒤를 돌아본 바둑이가 쫓아오는 도전자들을 보고 승부욕에 불이 붙은 것 같다.

　"그래!"

　내가 대답하는 순간.

　바둑이가 갑자기 내 쪽으로 몸을 돌렸다.

　"바둑아?!"

중심이 흐트러진 나는 앞으로 쓰러졌고…….

"합체!"

어딘가 그리운 소리와 함께 바둑이가 나를 어깨에 들쳐 멨다. 내가 뭐라고 하기 전.

바둑이가 달렸다.

"으아아아아아아아?!"

바둑이가 꽉 잡고 있는 다리는 괜찮지만…… 상체가 태풍에 흔들리는 갈대처럼 미친 듯이 흔들리기 시작했다.

토, 토할 것 같아!

불행 중 다행인 것은 내가 바둑이의 등에 큰 실수를 저지르기 전에 결승점을 지날 수 있었다는 점이다.

"저희가 1등이에요, 도련님!"

그, 그러냐.

나를 내려놓은 바둑이가 기쁜 듯이 말했지만 나는 메슥거리는 속을 다스리며 어색한 미소를 지을 수밖에 없었다.

바둑아, 이건 2인 3각이 아니야. 보쌈이지. 하지만 그런 말을 할 수 없는 이유가 있었다.

랑이와 치이 팀을 보면 말이지. 치이는 까치의 날개로 변한 손을 열심히 파닥이면서 몸을 띄우고 있고 랑이가 혼자 달려서 지금 막 결승점을 통과했다.

나래와 세희 팀이라고 정상은 아니다. 2인 3각 달리기라기보다는 한 편의 무협 영화와 같았으니까.

의외로.

제대로 된 2인 3각 달리기를 하고 있는 건 페이와 아야였다. 서로 어깨동무하고 한 발 한 발, 상대에게 맞춰 주며 발을 딛는다.

[하나.]

"내가 말한다고 했잖아, 똥고집아!"

[둘.]

"캬아아앙!!"

입으로는 싸우고 있지만, 친한 친구끼리 장난치는 모습으로밖에 보이지 않는다.

그것이 2인 3각을 기획했던 내가 보고 싶었던 모습이었다. 모습이었기는 한데…….

왜 이 녀석들이 골인을 한 뒤. 날 보고 웃음을 터트리는지는, 왜 갑자기 사이가 좋아졌는지 모르겠다.

그래서 저녁을 먹은 뒤 물어보았다.

"아, 그거?"

[웃겨서 그랬음.]

이해를 못 한 내게 페이가 연기로 움직이는 그림을 그렸다. 그건 아무리 봐도 조금 전에 바둑이의 어깨에 실려 가던 나였다.

나는 태풍에 흔들리는 갈대라고 나 자신의 상황을 생각했는데, 이렇게 보니까…….

생각을 바꿔야겠다. 그렇게 고상한 것이 아니었네.

나는 신장개업한 가게 앞에서 흔들리고 있는 막대풍선 같았다. 위 아래로 미친 듯이 흔들리면서 [으아아아아~!]라고 써진 글자를 보니, 저게 나라는 걸 알면서도 웃음이 터져 나왔다.

"크크크큽."

참아 보려 했지만 이 정도가 한계였고.

인생은 가까이서 보면 비극, 멀리서 보면 희극이라는 말이 이래서 있는 거였구나.

"키히힝, 진짜 웃겼어."

[개인기로 쓸 만함.]

페이는 엄지까지 추켜올렸다.

분위기가 훈훈해진 느낌이 들어, 나는 슬쩍 진짜로 물어보고 싶었던 것을 입에 담았다.

"둘이 사이좋아진 것 같네?"

최대한 돌려서.

내 말에 아야와 페이는 서로를 마주보고는 웃었다.

"키히히힝! 그게 있지, 아빠. 아빠 때문이야."

"응?"

[우리 때문에 저런 바보 같은 모습으로 애쓰고 있는 걸 보니 어쩔 수 없어짐.]

"그, 그러냐?"

하긴 나도 우스꽝스럽게 흔들리는 모습을 보고, 저게 나라는 걸 알면서도 웃음을 참을 수 없었으니까. 실제로 봤으면 더 웃겼을 거다.

……나래와 세희는 서로 싸우느라, 랑이는 승부에 집중해서, 치는 랑이에게 휘둘리느라 못 본 것 같지만.

그리고 내가 못 본 사이에 페이의 손을 잡은 아야가 말했다.

"거기다 난 페이가 싫었던 건 아니니까. 낯이 안 익었을 뿐이지."

[나도 아야가 싫지는 않았음. 믿어도 되나 알아볼 시간이 필요했을 뿐.]

몇 번이나 말했지만.

정말 몇 번이나 말했지만.

시간만 있었다면 자연스럽게 해결될 문제였다는 말이지.

그리고 일을 이렇게 만든 녀석은 아야와 페이의 뒤편에서 팻말을 들고 나를 놀리고 있었다.

그 팻말에는 이렇게 적혀 있었다.

[도련님의 부끄러운 영상 습득하기 Clear!!]

나는 세희를 잡으러 달렸다.

짜투리 이야기

"괘, 괜찮으니라, 성훈아. 내 눈에는 그런 성훈도 멋져 보이…… 푸흡!"

"지, 진짜, 싸움이고 뭐고 생각이 안 날 만하네. 자, 잘했어, 성훈…… 푸흡!"

"키히힝~ 다시 봐도 웃겨, 이 개그맨아."

그리고 난 영상을 지워 버리기 위해 마우스를 움직였다.

"무슨 짓입니까, 주인님. 이런 좋은 놀림, 실례, 추억을 지워 버리시려고 하시다니."

세희가 내 손에서 마우스를 빼앗아 갔다.

"시끄러! 마우스 내놔!"

"키히힝? 왜 그래, 아빠. 아빠는 자기가 한 일이 부끄러워?"

지금 땅바닥을 구르며 웃고 있는 나래와 랑이를 보고 그런 이야기를 해라!

하지만 그때.

"아우우우? 뭐가 그렇게 재미있는 건가요?"

부엌에서 요리를 하고 있던 치이가 안방으로 이어져 있는 문을 열고 들어왔다.

안 돼.

저 꼴사나운 모습을 치이에게 보여 줄 수는 없다. 엎질러진 물을 다시 담을 수는 없지만, 잔이 엎질러지는 걸 막을 수는 있지.

"아, 치이야. 별거 아니야."

"……그러면 나래 언니하고 랑이는 왜 저런 건가요?"

고개를 돌리자 이제는 웃다가 눈물까지 나와서 눈가를 닦고 있는 나래와 랑이가 보였다.

으으음!

변명! 변명거리가 떠오르지 않는다! 이럴 때는!

나는 컴퓨터 전원 버튼을 누르는 동시에 벌떡 의자에서 일어나 큰 소리로 외쳤다.

"치, 치이야!"

"꺄우우우?!"

깜짝 놀란 치이가 귀를 막으며 몸을 움츠리는 순간! 나는 잽싸게 치이에게 다가가 어깨를 잡고서는 부엌으로 끌고 가며 말했다.

"오빠가 요리하는 거 도와줄게! 응! 도와줄게!"

"요, 요리 다 끝난……."

"오늘따라 치이가 잘라 주는 과일이 먹고 싶은걸?!"

"하, 하지만 이제 곧 식사……."

"그러면 밥 먹기 전에 우리 같이 목욕이라도 할까?!"

"꺄우우우우?!"

그렇게 나는 치이에게 있어서는 좋은 오라버니로 남을 수 있었다.

하지만.

세상에 공짜는 없는 법이다.

치이에게서 나에 대한 이미지를 지키기 위해, 다른 영상을 볼 때도 계속해서 신경 쓰였던 '인간쓰레기 오라버니와 새언니의 이야기'라는 파일을 볼 수 없었으니까.

인간쓰레기 오라버니와 새언니의 이야기

"귀찮아 죽겠군."

나는 투덜거리며 트레이닝복 바지에 손을 찔러 넣었다. 생각해 보면 오늘만 해도 해야 할 일이 산더미같이 쌓여 있다. 설거지도 해야 하고, 빨래도 해야 하고, 밥도 해야 하고, 글도 써야 한다.

물론 어제도 마찬가지였고, 한 일은 없지만.

"가능성이라는 게 있는 거라고, 가능성. 오늘 내가 끌려 나왔다는 것으로 밀려 있는 집안일과 풀리지 않던 글이 모두 해결될 수 있는 가능성이 사라졌어."

식물이 인간의 말을 할 수는 없지만, 나는 누구에게 변명이라도 하듯이 꽃이 흐드러지게 핀 벚나무에게 말했다.

"그렇다니까, 정말. 꽃놀이하기 좋은 날에, 꽃놀이하기 좋은 공원으로, 꽃놀이와는 삼만 광년 정도는 떨어진 인간쓰레기한테 나오라는 건 너무하잖아? 그렇지 않냐?"

덥수룩한 수염. 이리저리 막 자란 머리카락. 늘어진 후드와 헐렁거리는 트레이닝복 바지. 그것만으로도 충분한데 나무 앞에 서서 말을 거는 내 모습은 주위 사람들의 경계심을 사기에는 충분하다.

그럼에도 나는 주위의 시선을 신경 쓰지 않는다.

"별것 아닌 일이기만 해 봐. 당장 집에 돌아갈 테니까. 그래, 적어도 원고지 앞에 앉아만 있어도 오늘 하루는 쓰레기 같은 시간을 보냈지만 그래도 뭔가를 하려고 노력하는 모습을 연기했다고 스스로를 위로하며 술잔을 기울일 수 있는 자격을 손에 넣을 수 있는 거니까."

대답을 바란 말이 아니었건만.

"자격이 없으면 없는 대로 술을 마실 이유는 충분하다고 말할 거면서, 정말. 자기 합리화가 대단한 사람이군."

본의 아니게 익숙해진 목소리가 들려와서 나는 뒤를 돌아보았다.

길을 걷다보면 열이면 열. 백이면 백. 한 번쯤은 뒤돌아볼 정도의 미인이 허리에 두 손을 대고 한심하다는 듯이 나를 바라보고 있었다. 약간의 경멸과 조금의 걱정과 많은 한심함이 담긴 그녀의 시선을 나는 그대로 받아넘기며 말했다.

"뭐야, 잘 차려 입었네. 데이트라도 하러 가는 거야?"

그녀가 인상을 찌푸리며 말했다.

"이상하군. 내가 보기로 한 건 당신밖에 없는 것 같은데."

"지금 길거리에 돌아다니고 있는 사람들은 안 보이나 봐?

설마 사랑에 빠져 난 당신밖에 안 보인다는 말을 하려는 건 아니겠지? 그런 건 소설 속에서나 나오는 거라고."

"말꼬리 잡는 버릇 좀 고치라고 그렇게 말했는데 말이지."

그녀가 핸드백을 고쳐 쥐었다. 나는 바로 몸을 돌려 그녀를 마주 보며 두 팔을 들었다.

항복의 표시로.

"길거리라고, 길거리. 폭행죄로 신고당할 거야."

"그럴 리가. 단순한 애정 싸움으로 볼 테니까."

"……애정 싸움?"

나와 그녀를 손가락으로 번갈아 가리키며 말했다.

"너하고? 내가?"

"내가 먼저 키스라도 하면 믿어 주지 않겠어?"

나는 그녀가 거짓말을 하지 않는다는 사실을 그 누구보다 잘 알고 있다.

"봐 달라고."

"그보다."

그녀가 화제를 돌렸다.

"어딜 봐도 나와 만나는 데 불만이 많아 보이는 복장이군. 꼭 그렇게까지 티를 내야겠어?"

"집에서 열심히 글을 쓸 생각이었거든. 아침에 걸려 온 전화 한 통만 아니었다면."

"한 달 만에 보게 된 나를 위해서 하루 정도는 써 줘도 되잖아?"

"오늘만 쓸 수 있는 글이라는 게 세상에는 있는 법이지. 그렇게 쌓인 글이 작품이 되는 거야."

"그래? 그러면 그동안 그 잘난 글은 얼마나 썼는지 보여 주겠나? 심심할 때 읽고 감평을 해 주지."

"하아……."

나는 과장되게 한숨을 쉰 뒤, 몸을 돌려 나무를 보며 말했다.

"벚꽃을 피우지 못하는 나무는 잘려 나가고, 젖을 내지 못하는 소는 도축되고, 달리지 못하는 말은 고기가 되지."

그녀가 낮게 한숨을 쉬고, 팔을 휘둘렀다. 핸드백을 들고 있는 쪽을.

"아얏!"

아프다.

핸드백에 정통으로 뒤통수를 얻어맞은 나는 자리에 주저앉으며 신음을 흘렸다. 그런 나를 내려다보며 그녀가 싸늘한 목소리로 말했다.

"한 번이라도 자신의 삶에 가치가 있다는 것을 증명한 것들하고 자신을 비교하다니, 너는 정말 양심이 없군."

나는 찔끔 새어 나온 눈물을 닦아 낸 뒤 뒤를 돌아보며 소리쳤다.

"너는 피도 눈물도 없냐?!"

"없다면, 당신이 지금 살아 있을 것 같아?"

"살기 좋은 대한민국에서 살인 예고가 웬 말이냐."

"살인? 대형 쓰레기를 쓰레기장에 버리는 게 어떻게 살인이 되는 거지?"

"젠장. 부정할 수 없다."

내가 대형 쓰레기라는 건 사실이니까.

나는 투덜거리며 자리에 서서 그녀를 노려보았다.

"그래서, 무슨 일이야? 갑자기 부르고. 이러면 곤란해. 나도 나 나름대로 스케줄이 있다고."

"집에서 원고지 앞에 앉아 있다가, 어제와 다름없이 글자라고는 찾아볼 수 없는 백지의 배웅을 받으며 의자에서 일어나 내가 보내 준 생활비로 산 소주를 마시는 것도 스케줄이라고 해야 하나?"

나는 가슴을 피고 말했다.

"그래."

확신에 착 목소리로.

"그게 내 스케줄이다."

선언했다.

"끄어어어억······."

그 직후, 새우처럼 몸을 굽힌 신음을 흘려야 했지만.

진짜, 손이 너무 매운 거 아니야?

"너한테 많은 걸 바라는 건 아니야. 하지만 적어도 나한테 거짓말은 하지 마."

"내, 내가 언제 거짓말을 했다고······."

"내 전화를 받기 전에, 내가 오늘 한국에 온다는 것을 세희를 통해 들었을 텐데, 정말 예정이 그랬나?"

세희가 그걸 또 말했군.

뭐, 그녀가 말한 대로 나는 며칠 전부터 알고 있었다. 덕분에 오늘에 한해서는 평소와 다르게 두 번째 스케줄을 정해야 했으니까.

하지만 그래 봤자 두 번째 스케줄이다.

나는 무릎에 묻은 흙을 털어 내고 일어서서 장난기를 가득 담은 목소리로 그녀에게 말했다.

"그렇다고 말하면, 나, 돌아가도 돼?"

"안 돼."

"왜."

그녀가 말했다.

"나, 박혜수는 너, 강아지의 애인이고, 지금 우리는 데이트를 하기 위해 이곳에 있기 때문이다."

나의 애인, 혜수의 말에 나, 아지는 고개를 떨어뜨렸다.

"그러니까, 성까지 부르지는 말라고."

하지만 혜수는 옅은 미소를 지을 뿐이다.

마치, 처음 만났던 그날처럼.

*　　　　　*　　　　　*

거저먹는 부귀영화보다, 내가 선택한 시궁창이 낫다.

"그렇게 생각하던 때가 나에게도 있었습니다~"

그는 벽을 향해 중얼거렸다.

그가 서울로 상경한 지 벌써 5年. 투고한 소설은 모두 낙선. 그는 제대로 된 직업도 없이 이곳저곳을 기웃거리며 소일거리를 하면서 살아가는 인생을 살고 있다. 그렇게 번 돈으로 제대로 된 생활을 할 수 있을 리가 없다. 반지하의 자그마한 방에 월세로 살고 있는 것도 감지덕지라 할 수 있을 것이다.

만약, 그의 여동생이 간간히 보내오는 용돈이라는 이름의 생활비가 없었다면 이미 노숙자가 되어 있지 않았을까. 요즘 들어 생활비와 동반된 편지에, 서울에서의 생활이 힘들면 지금이라도 내려오시면 된다고 적혀 있는 걸 보아, 그의 상황이 어떤지 세희는 파악하고 있는 것 같긴 하다.

"……때려 칠까. 글 쓰는 거 때려 칠까."

그는 5년간 많은 경험을 쌓았다. 그리고 깨달았다. 이 나라에서 글을 쓰는 것에 미래는 없다.

자신이 생각했던 세상과는 너무나 달랐다. 권위주의적이며 연줄만이 전부인 곳이다. 작가의 사상과 신념, 글의 재미와 완성도. 그런 것과는 전혀 관계없는 세상에 그는 펜을 꺾어버리고 말았다.

그가 시골에 돌아가지 못하는 것은 단 하나. 스스로 그곳을 떠났기 때문이다. 이루고 싶은 꿈이 있어서 안락한 보금자리를 떠났다. 그런데 아무것도 이루지 못하고 돌아갈 수는 없다.

단순한 오기다. 젊은이의 치기다. 지금이라도 돌아가서 배부른 돼지가 되는 것이 낫다.

그렇게 생각하면서 그는 세 평 남짓한 방에 누워 있다.

시체처럼 썩어 가는 것을 기다리며.

"……젠장."

무엇보다 그를 곤란하게 만든 것은 오늘 아침. 우편함에 꽂혀 있던 한 장의 편지였다. 한국에서 태어난 남자라면 누구나 꺼려 할 그것.

군대 영장.

그의 나이 스물넷. **오히려 늦게 왔다고 봐야 할 것이다.**

"군대라니. 내가 군대라니……."

현실에서 도망치기 위해서 이런저런 생각을 해도 지금 그가 처한 상황은 변하지 않는다.

그렇다. 변하지 않았다.

결국 변한 건 아무것도 없다.

그때. 전화가 울렸다.

인생을 포기하고 나락에 떨어져서 벌레로 다시 태어나고 싶은 그라고 하지만, 전화는 잘 받는 편이다. 자신에게 전화를 걸 사람은 단 한 명밖에 없으니까.

"나다."

[건강히 지내셨는지요, 오라버니.]

몸의 건강은 문제가 없다. 있다면 마음의 건강이 지금 숨넘어가기 일보 직전이라는 거지.

"그래."

[말씀과 다르게 목소리에 힘이 없으십니다.]

그는 잠깐 고민에 잠겼다가 있는 그대로 자신의 여동생에게 사실을 전했다.

"영장 나왔거든."

그리고.

[생각보다 이르게 나왔군요. 역시 한국. 영장 보내는 것만은 가차 없는 나라답습니다.]

"……뭐라고?"

5년 전에 헤어졌지만 그는 자신의 여동생, 강세희에 대해 잘 안다고 생각해 왔다. 비록 마지막의 마지막 순간, 평소와 다른 모습을 보였지만 그것 또한 동생의 한 일면. 세희는 누구보다 사려 깊고 자신을 생각하는 마음이 강한 소녀다.

하지만 지금 오빠를 생각하는 마음이 지극한 소녀가 한 말은 마치 자신이 영장이 오도록 손을 썼다는 뉘앙스를 풍기고 있다.

그는 그 점을 확실히 하기 위해 말했다.

"지금 뭐라고 했냐"

[건강, 괜찮으신 것 맞습니까?]

돌아온 것은 싸늘한 목소리. 하지만 그는 알 수 있었다. 그런 목소리에도 자신에 대한 걱정이 가득 담겨 있다는 것을.

"아니. 됐다. 대충 알 것 같네."

상황을 파악한 그가 세희에게 말했다.

"협박이냐?"

[어떻게 제가 오라버니를 협박할 수 있겠습니까.]

"지금 하고 있잖아."

며칠 동안 씻지 않아 가려운 머리를 벅벅 긁으며 그가 말했다.

"군대 가기 싫으면 당장 여자 친구라도 만들라는 거, 아니냐?"

[……전 그런 생각은 없었습니다.]

"그래, 그래. 미안하다. 여자 친구가 아니라 아이겠지. 그것도 남자아이. 내가 꼭 이렇게까지 말해야겠어?"

잠시 시간이 흐르고,

세희가 낮은 한숨을 쉬었다.

[오라버니. 오라버니께서 일이 잘 풀리지 않는 것에 대해 초조하신 것은 알고 있습니다. 하지만 그 감정을, 오라버니를 믿고, 응원하고 있는 동생에게 푸는 것은 어떠런지요.]

지리산에 있었을 때라면 자신의 실수를 인정하고서 입을 다물었을 것이다.

서울에 막 올라왔을 때라면 미안하다고 말했을 것이다.

하지만.

"그래? 응원하고 있었어? 그러면 나를 조금 더 응원하는 차원에서 내 화풀이를 참고 버텨 주면 좋겠는데. 아. 혹시 네가 나를 생각하는 마음은 그 정도도 안 되냐? 그러면 내가 잘못했고. 미안합니다~ 오빠가 잘못했습니다~"

[오라버니.]

"왜."

[……정말 괜찮으십니까.]

그는 주위를 둘러보았다. 곰팡이가 슨 세 평짜리 반지하의 작은 방. 있는 것이라고는 이불과 책상, 그리고 구겨져 버린 원고지, 반으로 부러진 펜. 싱크대에는 음식물 찌꺼기가 굳어 버린 채 너부러져 있는 그릇. 방구석에 쌓여 있는 빈 소주병. 약속 때문에 사용할 수 없었던 포장 뜯긴 쥐약.

그가 말했다.

"영장만 안 나왔다면 괜찮았겠지."

[그렇습니까.]

"그래. 그러니까 지금까지는 가만히 있다가 왜 이제 와서 영장이 오도록 손을 썼는지에 대해서나 말해 봐."

세희는 쉽사리 말을 잇지 못했다. 그는 느긋하게 기다렸다.

시간이 흐르고. 전화가 끊긴 게 아닐까 의심이 들 정도가 되었을 때. 세희가 말했다.

[……오라버니께 부탁드릴 일이 있어 조건으로 내세울 생각이었습니다.]

"그런 걸 협박이라고 하는 거다."

[이런 조건이라도 걸지 않으면 오라버니께서 들어주실 것 같지 않기에 약간 꾀를 쓴 것입니다.]

"고맙다. 야. 덕분에 가뜩이나 흔들리고 있던 정신이 저 먼 우주를 건너 블랙홀에 빠져 다시는 나오지 못하고 있으니까."

[……]

"넌 여전히 변한 게 없구나. 그렇게 사람을 자신의 뜻대로 움직이기 위해 수를 쓸 생각밖에 할 수 없지. 그런 게 통하지 않는 사람이 있다는 걸 알면서도."

[죄송합니다, 오라버니.]

"됐고."

그는 한숨을 쉬는 것으로 감정을 정리하고 말했다.

"무슨 일인데?"

[……제 부탁을 들어주시는 겁니까.]

그는 진심을 숨겼다.

"군대는 가기 싫으니까."

[죄송합니다, 오라버니.]

축 가라앉은 세희의 목소리에 그는 말했다.

"거울 가지고 있냐?"

[무슨 말씀이십니까?]

"아니, 입꼬리를 슬쩍 올린 채 웃고 있을 네 모습이 눈에 선해서. 너도 한 번 봐 보라고."

[……]

"오빠한테 그런 연기가 통할 것 같냐."

[정말, 오라버니께서는 제가 할 말이 없도록 만드시는군요.]

"왜, 있잖아. 그 부탁이라는 거."

세희가 한숨을 쉬었다.

[사람을 만나 주셨으면 합니다.]

그는 인상을 찌푸렸다.

"여자냐."

[그렇습니다.]

"무슨 일인데?"

[이야기가 길어지는데 괜찮으시겠습니까.]

"내가 건 전화도 아닌데 무슨 상관이야?"

낮게 웃은 세희가 풀어낸 이야기는 이러했다.

며칠 전, 지리산의 자택에 한 명의 여성이 찾아왔다. 그녀는 자신을 세계 평화를 위해 노력하고 있는 교섭가라 소개했고, 지킴이 일족의 마지막 후손을 만나기 위해 왔다고 했다. 세희는 처음에 그녀를 무시하려 했지만, 그녀는 '약조'에 대해 알고 있는 사람이었고, 찾아온 목적 역시 그 '약조'와 관련 있었기에 그럴 수 없었다.

즉.

[훗날 주인님의 장인이 되실 분을 만나 보고 싶다 하셨습니다.]

"……왜?"

[대답하지 않으셨습니다.]

"안 물어봤냐?"

[대답하지 않으셨습니다.]

"캐묻지 않았냐?"

[오라버니, 저는 같은 말을 세 번 이상 하는 것을 좋아하지 않습니다.]

그는 잠시 생각에 잠겼다.

그날 본 호랑이의 모습은 여전히 기억 속에 남아있다. 그런 호랑이를 주인님이라고 모시고 있는 세희다. 어느 정도의 위치인지는 묻지 않아 모르지만, 분명히 무시할 수 없는 발언력이 있었을 것이다. 그럼에도 대답하지 않고, 오히려 세희가 자신에게 부탁을 하도록 만들었다는 것은……

생각을 정리한 그가 말했다.

"세희야. 한 가지 물어봐도 되냐."

[예, 오라버니.]

"네가 바란 일이냐."

[오라버니, 저는 그날의 약속을 잊은 때가 없습니다.]

겨울 밤. 남매가 나누었던 약속.

서로가 바라보는 곳이 다르다는 것을 깨달았던 그때.

어느 때, 어느 곳에서도 잊을 수 없었던 약속이기에 그는 피식 웃고 말았다.

"알겠다. 그러면 내 여동생을 귀찮게 만든 사람이 누구인지 한 번 만나 보마."

[고맙습니다, 오라버니.]

그리고 그는 자신의 선택을 후회했다.

다음 날.

세희가 말해 준 약속 장소로 나간 그는 자신의 옷차림이 이곳에 맞지 않는다는 사실을 다시 한 번 깨달았다.

끝이 헤진 반바지와 목이 늘어난 티셔츠. 그리고 삼색 슬리퍼. 최소한의 양심은 수염을 밀고 머리를 감고 왔다는 것일까.

그의 앞에 있는 것은 한눈에 봐도 드레스 코드가 있을 것 같은 강남의 고급 레스토랑이었다. 원목으로 만든 고풍스러운 출입구 옆에 정장 차림의 남성이 서 있는 것에서 이미 끝난 것 아닐까.

"장소 정도는 상대에 맞춰 주면 안 되나."

밤의 놀이터나, 편의점, 혹은 한강 고수부지 정도로.

그는 투덜거리며 문 앞에 서 있는 남자를 향해 걸어갔다. 쫓아내면, 쫓겨나면 되는 거다. 적어도 다음 약속을 거절할 구색은 설 테니까.

하지만.

"오셨습니까, 아지 님. 약속하신 분은 안에서 기다리고 계십니다."

남자는 허리를 숙이며 그를 맞이했다.

아무리 인생을 막 살고 있는 그로서도 지금의 상황은 조금 당혹스러웠다.

"……들어가도 됩니까?"

자신의 옷차림을 다시 한 번 잘 보라고 손가락으로 가리켜 보지만 남자는 표정의 미동도 없이 대꾸했다.

"들어오시지요."

그뿐만이 아니라 군더더기 없는 몸짓으로 문을 열고서 몸을 비켜섰다. 이래서야 돌아가는 것이 이상하게 된다.

그는 고개를 살짝 숙이며 시원한 공기가 맞이해 주는 안으로 들어갔다.

고풍스럽고, 너무 호화롭지 않은 인테리어보다 눈에 띈 점은 레스토랑 안에 다른 손님이 한 명도 없다는 것이었다.

'······대여했나.'

그럴 가능성도 충분히 있다. 비록 집을 뛰쳐나왔다고는 한들, 변한 것은 아무것도 없으니까.

'옘병.'

그는 기분 나쁜 현실을 다시 한 번 곱씹게 만들어 준 상대를 찾았다.

약속 상대를 찾는 것은 쉬웠다. 웨이트리스로 보이는 사람을 제외하면, 그녀밖에 없었으니까.

그녀는 홀의 중앙에 있는 테이블에 그를 바라보며 앉아 있었다.

키는 그보다 조금 작은 정도. 검은 하이힐을 신고 있다는 것을 고려해도 여성으로서는 상당히 큰 키다. 검은색 긴 머리카락은 뒤로 묶어 올렸고, 어깨가 드러나고 가슴골이 파인 쉬폰 원피스를 입고 있다. 여자에 관심이 없는 그가 보기에도 눈에 띄는 미인이지만 모든 것을 내리깔아 보는 듯한 눈매가 사납기 그지없다. 입가에 감돌고 있는 여유로운 미소가 그녀의 날카로운 분위기를 조금은 사그라뜨리려고 하지만 역부족.

한마디로 길들이지 못할 야수 같은 여자였다.

'······잘못하다가는 잡아먹힐 것 같은 기분인데.'

그의 등 뒤에 식은땀이 흘러내렸다. 지금 당장이라도 이 자리에서 도망치고 싶은 생각뿐이다.

하지만 그는 물러나지 않고 그녀의 맞은편에 있는 의자에 등을 기대며 앉았다.

만나기로 한 것이 약속이었으니까.

"와 줘서 고맙군."

무시무시한 겉모습과는 달리 여성스러운 목소리였지만 그 말투는 딱딱하고 남자답기 그지없었다. 하지만 많은 작품을 통해 세상과 사람을 접한 그에게 있어서, 그것은 특별한 일이 아니었다.

"귀여운 여동생의 부탁이라서 말이야. 안 올 수가 있어야지."

반쯤 비꼬아서 돌려줬지만 그녀의 미소가 깨지는 일은 없었다.

"역시 세희 씨한테 부탁하는 게 정답이었군."

"덕분에 너에 대한 첫인상은 최악이지만 말이야."

"아, 그러고 보니 내 소개가 아직이었다."

그녀가 자리에서 일어나 핸드백에서 명함 케이스를 꺼내 명함을 건네며 말했다.

"내 이름은 박혜수. 전문 교섭가를 하고 있지."

그는 명함을 받아 한 번 훑어보지도 않고 주머니에 집어넣었다. 예의 없는 행동이었지만 혜수는 별반 상관하지 않았다.

"미안한데 나는 줄 게 없네. 명함 같은 건 없어서 말이야. 아, 상관없나? 이미 알고 있을 테니까 말이야."

"그래도 자기소개를 할 입은 있지 않나? 지킴이 일족의 마지막 후손, 강아지 씨."

탁탁. 그가 테이블을 손가락으로 두드렸다.

"이름으로 부르지 않았으면 좋겠는데."

"왜 그렇지? 난 좋은 이름이라고 생각하는데."

"……진심이야?"

그녀가 진심으로 말했다.

"내가 이런 일로 너에게 거짓말을 할 이유가 있을까?"

어렸을 때.

자신에게 이런 이름을 지어 준 영감탱이와 드잡이질을 벌인 기억까지 있는 그로서는 하고 싶은 말이 정말 많았다. 하지만 혜수의 당당한 태도에 따져 봤자 소용없다는 것을 깨달은 그는 입을 다물었다.

"아무래도 상관없는 일이니까 넘어갈까."

"그래. 그런데 밥 생각은 없나? 일부러 레스토랑으로 약속을 잡았는데 말이야."

"생판 처음 본 여자하고 밥 먹는 취미는 없어."

"그건 '약조' 때문인가? 아니, 약조에서 비롯된 책임감 쪽이 더 맞겠군."

그의 눈매가 예리해졌다. 그건 사람이라기보다는 상처 입은 짐승 같았다.

혜수는 그의 시선을 그대로 받아넘기며 말했다.

"괜찮다. 식사 한 끼 같이했다고 아이가 생기는 일은 없으니까."

"교섭가라는 게 언제부터 분쟁을 일으키는 직업이 된 건지 모르겠는데."

"분쟁이 아니지. 이건 너의 관심을 끌고 있는 거다."

"악의도 관심이긴 하지."

그가 자리에서 일어나며 말했다.

"오늘 만나서 반가웠고, 다시는 볼 일이 없으면 좋겠네."

"앉아."

"나는 집을 나설 때부터 내가 하고 싶은 대로 살기로 결정해서 말이야."

그는 몸을 돌려 주저하지 않고 밖으로 나섰다.

"그것도 세계가 멸망하지 않았을 때나 가능한 이야기다."

아니, 나서려고 했다.

"……뭐?"

고개를 돌린 채로 멈춘 그를 향해, 혜수가 말했다.

"혹시 춘부장의 연세가 어떻게 되시는지 아나?"

"그게 지금……."

"대답해."

"무슨 상관인데?"

혜수는 대답하지 않았고, 그는 화가 치밀어 오르려고 했다. 하지만 그는 일찍이 태산만 한 호랑이를 직접 두 눈으로 본 적이 있다. 그 호랑이를 돌보는 것이 지킴이 일족인 자신이 맡은 역할이었다는 사실도 알고 있다. 자신이 낳을 아이가 그 호랑이의 남편이 될 거라는 사실 역시.

그렇기에 그는 그녀의 질문에 대답할 수밖에 없었다.

"지금 마흔 정도 되었던 것 같은데."

"네 나이는?"

자신의 나이와 영감탱이의 나이. 두 가지 사실을 통해 그는 혜수가 자신에게 하고 싶은 말이 무엇인지 눈치챘다.

뭐가 약속을 잊지 않고 있다는 거냐.

"바보는 아닌가 보군."

가볍게 듣고 흘릴 이야기가 아닌 것 같기에 그는 다시 자리에 앉았다.

그녀는 말하고 싶었던 거다. 당신의 아버지는 당신과 같은 나이에 이미 후손을 봤다고.

"그래서?"

"약조를 지킬 지킴이 일족의 후손이 아직까지 태어나지 않은 것에 대해 정부 쪽에서 초조함을 느끼고 있다. 그러다 보니 한쪽에서는 이상한 소리도 나오고 있지."

그녀가 눈썹을 일그러뜨리며 말했다.

"그 헛소리들의 공통점이라면, 그 끝이 인간과 요괴의 전쟁으로 귀결된다는 점일까."

그런 호랑이와 싸우고 싶어 하다니. 미친 게 아닐까.

그는 그렇게 생각하며 퉁명스럽게 대꾸했다.

"그래서, 나한테 하고 싶은 말이 뭔데? 너도 나보고 빨리 아무 여자나 후려서 임신시키라는 말이라도 하고 싶은 거냐?"

"그것도 한 가지 방법이긴 하지. 하지만……."

혜수는 하고 싶은 말이 남아 있었지만 화가 치밀어 오른 그는 그녀의 말을 더 이상 듣고 싶지 않았다.

"그래? 그럼 잘됐네."

끼이이익.

의자를 거칠게 뒤로 빼며 일어난 그는 테이블을 돌아 그녀의 옆에 섰다. 그가 허리를 앞으로 숙여 혜수와 거리를 좁힌 뒤, 손을 뻗어 그녀의 목덜미 뒤쪽을 쓰다듬으며 귀에 속삭였다.

"마침 여기에 아무 여자가 한 명 있으니까 말이야. 너 같이 기가 센 여자가 밑에 깔려 신음을 흘리는 게 내 취향이거든."

그리고.

그는 어째서인지 테이블 위에 뻗어 있었다.

"컥?"

등에서 타고 오르는 고통에 정신이 번쩍 든다. 자신의 목을 잡고 있는 것은 혜수의 손이라는 사실을 깨닫는 것은 조금 더 시간이 필요했다.

테이블 위에 누운 자신을, 몸을 숙인 혜수가 위에서 바라보고 있다는 것을 깨닫는 만큼.

"사람의 말은 끝까지 들어야 한다는 걸 배울 나이는 지나지 않았나, 강아지 씨?"

"너, 너야말로 사람에게 폭력을 행사하면 안 된다는 건 안 배웠냐?"

"강아지, 라고 했는데 말이야. 알기 쉽게 개새끼라고 해 줄까."

"이, 이 자식이……."

그가 두 손으로 멱살을 풀려고 했지만, 어째서인지 혜수는 꿈쩍도 하지 않았다.

"미안. 내가 조금 험한 일을 하고 있다 보니까 운동을 좀 하고 있거든."

"아무리 그래도 그렇지!"

"물론, 내가 운동을 안 했더라도 매일매일 집에서 술만 마시던 알코올 중독 환자한테 힘으로 밀릴 것 같지는 않지만."

"……."

그는 입을 다물고 고개를 돌려 먼 곳을 바라보았다.

"그러면 내 이야기를 들을 준비는 됐나? 만약 준비가 더 필요하시다면 계속 이런 자세로 있어도 되는데 말이야."

상당히 굴욕적인 자세였기에 그는 말했다.

"난 그래도 상관없는데 말이야. 너, 속옷 보인다."

"그래서?"

혜수는 그가 생각한 것과 다른 반응을 보였다.

"……어?"

"그게 지금 이야기와 무슨 관계가 있는 건데?"

"아, 아니. 안 부끄러워? 아무리 그래도, 너 여자 아니었어?"

당돌한 그녀의 대응에 자신이 바랐던 반응을 스스로 보였다는 사실에 살짝 얼굴이 붉어졌다.

그녀가 말했다.

"내가 조금 남자답긴 해도, 처음 본 남자에게 속옷을 보여줄 정도로 개방적인 성격은 아니야. 부끄럽지 않은 것도 물론 아니고. 하지만 지금 중요한 건 네가 내 이야기를 들을 준비

가 되어 있는가, 아닌가. 그것뿐이다. 이야기의 초점을 흐리지 말도록."

그렇게 말하면서도 혜수는 얼굴 한 번 붉히지 않았다. 결국 그는 멱살이 잡히고 테이블 위에 누운 채로 두 손을 들었다.

분위기를 읽지 못하는 것인지, 아니면 프로 의식이 강한 것인지 모를 웨이트리스에게 얼 그레이와 커피를 주문한 뒤.

혜수가 이야기를 시작했다.

"정부는 네가 여자에 관심이 없는 것에 걱정을 하고 있다."

그는 티스푼으로 찻잔을 두드리며 말했다

"하루 이틀 일도 아닌데 왜 이제 와서 그러는지 모르겠네."

"세희의 요청이 없었다면, 훨씬 이전에 정부 쪽에서 직접 움직였겠지."

자세를 바로 한 그가 말했다.

"……그건 무슨 말이지?"

"이야기, 못 들었나?"

"내 여동생은 지독한 부끄럼쟁이라서 말이야. 자기 이야기에 대해서는 한마디도 안 하거든."

"그렇군. 귀신, 악마, 세희라고 불리는 그녀도 네 앞에서는 귀여운 여동생일 뿐인가."

티스푼을 던지듯 내려놓은 그가 인상을 찌푸리며 말했다.

"무슨 이야기인지 모르겠지만. 내 앞에서 여동생 흉을 보다니…… 그렇게 내 관심을 끌고 싶은 거야?"

"그렇게 말꼬리를 잡는 것은 나쁜 버릇이다. 고쳐라. 하지만 기분이 나빴다면 사과하지. 이건 내 실수였으니까. 네 기분을 상하게 만들 의도는 없었다. 미안하다."

고개를 숙이며 사과하는 그녀를 보며 그는 혀를 찼다. 마음이 담기지 않은 사과여서가 아니다. 아니, 차라리 그렇다면 좋았을 것이다. 그녀는 마음을 담아 사과했다. 진심을 다해.

하지만 그것은 인간이 개의 꼬리를 밟은 뒤. 깽깽거리는 개에게 사과하는 모습과 너무나 닮아 있었다.

미안하다는 마음은 있다. 상대를 자신과 같은 인간으로 보고 있지 않을 뿐이지.

그 점을 지적해 보았자 자신에게 좋은 일은 하나도 없을 거라고 생각한 그는 화제를 돌렸다.

"……됐고. 세희가 무슨 일을 했는지 들을 수 있을까."

"직접 들으시는 게 좋지 않나?"

"말했잖아. 부끄럼쟁이라고."

"그렇군."

그녀가 옅은 미소를 지으며 말했다.

"세희는 정부, 혹은 인외의 존재들이 너한테 간섭하는 것을 금했다. 만약, 너에게 영향을 주는 자가 있다면 직접 손을 쓰겠다는 협박과 함께 말이지."

그 녀석이…….

그는 자신의 속마음을 숨기며 말했다.

"내 여동생이 그렇게 대단한 사람인 줄은 몰랐는데?"

"연기가 서툴러. 은근히 기뻐하는 게 눈에 보인다."

바로 들켰지만.

"……"

"어쨌든, 중요한 건 다른 쪽의 일이다."

화제를 돌려 준 것에 대한 감사의 인사로 그는 입을 다물고 계속 들어주기로 했다.

"정부는 지킴이 일족의 마지막 후예가 결혼은커녕, 여자에게 관심도 없이 폐인처럼 살고 있다는 사실에 많은 걱정을 하고 있지."

그는 생각을 해 보았고, 머릿속에서 이야기를 짜 보았다. 이야기의 앞뒤가 맞아떨어진 것을 확인한 뒤, 그가 말했다.

"그러니까, 즉. 내가 결혼해서 아이를 낳아 그 호랑이하고 결혼을 시켜야지 자신들이 이 좁은 나라에서 해 먹을 수 있는 게 남을 텐데, 지금은 그럴 구석이 보이지 않아서 걱정하고 있다고 보면 되나?"

"놀랐군. 사실 그대로다."

그렇게 말하는 그녀의 표정은 마치 훈련시키지 않은 동물이 스스로 화장실을 가리는 것을 보았을 때와 같았다. 그 사실이 그의 신경을 건드렸다.

"그래서, 나한테 그런 말을 하러 온 이유가 뭐지? 정부 쪽에서 나한테 선이라도 주선해 주기로 했나?"

그녀가 고개를 가로저었다.

"아니. 조금 전에 말했다시피, 너한테 간섭하는 것은 세희의 화를 살 수 있다. 그런 짓은 하지 않아."

그는 자신에게 열심히 간섭중인 그녀에게 말했다.

"……그럼 너는 뭔데?"

그녀가 말했다.

"나는 지극히 개인적인 이유로 당신을 만나고 싶어진 일개 교섭가일 뿐이지. 아직은 정부와는 관계없어."

소심한 자의식 과잉인 그는 세희가 자신에게 온 러브레터를 전해 주었던 아련한 기억을 떠올렸다.

그렇기에 그럴 리가 없다는 것을 알면서도 물어볼 수밖에 없었다.

"……그 지극히 개인적인 이유에 대해서 들을 수 있을까?"

그녀가 고개를 끄덕였다.

"세계 평화."

돌아온 대답이 너무 어이없는 것이기에 그는 다시 물어보았다.

"세계 평화?"

"세계 평화."

"그게 이유라고?"

"이유라기보다는, 내 꿈이지. 그리고 난 내 꿈에 새로운 방해물이 생기는 걸 막기 위해 너를 찾아온 거고."

지금 웃을 순간인가?

하지만 그녀는 농담을 한 기색이 없었다. 아니, 그뿐만이 아니다.

확신.

다른 이가 듣는다면 이루어질 수 없을 것이라 생각할 만한, 어린아이나 가질 만한 허황된 꿈이라 여겨질 소리를 입에 담았음에도 불구하고.

그는 알 수 있었다.

그녀가 그 꿈을 이루게 될 것이라는 확신에 차 있다는 것을.

자신이 선택한 목표를 위해 자신의 삶을 살 것이라는 신념을.

자기 자신에 대한 절대적인 신뢰를.

왜냐하면, 그것은 그가 그토록 원했던 것이니까.

"그래?"

그렇기에 그도 진심으로 대답하기로 했다.

"좋은 꿈이군."

그 순간.

"그 꿈, 이루어지길 바란다."

그는 그녀가 자신을 바라보는 시선이 뭔가 달라졌다는 것을 눈치챘다. 지금까지 마음에 들지 않았던 자신을 내려다보는 시선이……

올곧게 변했으니까.

그녀가 그를 자신과 동등한 입장이라 여긴 순간.

"생각을 바꿨다."

어딘가 들뜬, 아니, 즐거운 듯한 목소리로 말했다. 이유 모를 두려움에 그는 몸을 살짝 뒤로 젖혔다.

"너, 나를 좀 도와주지 않을래?"

그녀가 옅은 미소를 지었다.

그 미소 안에 숨겨진 의미를 그는 재빠르게 눈치챘다.

"나는 응원한다고만 말했는데."

"그렇게 많은 걸 바라는 건 아니야."

"지금까지 나눴던 이야기를 통해 짐작을 해 보면 전혀 아닌데."

"확인해 본 뒤 그런 말을 해도 늦지 않다."

"지금까지 네가 했던 말과 네 꿈. 그리고 나를 둘러싼 상황. 그 세 가지를 연관 지어서 생각해 보면 답이 나온다고."

그녀가 짓궂은 미소를 지었다.

"그러면 말해 보도록. 내가 너에게 바라고 있는 것이 무엇인지. 네 생각이 맞는다면, 나는 더 이상 도와 달라는 말은 하지 않겠다. 하지만 틀리다면, 내 이야기를 듣도록."

의심에 찬 눈으로 자신을 바라보는 그에게 그녀가 말했다.

"그렇게 나쁜 조건은 아닐 텐데."

"……그래."

하지만 왜일까. 그의 머릿속에 'I'm going to make him an offer he can't refuse'라는 대사가 떠오른 것은.

그럼에도 그는 그녀에게 자신의 생각을 말했다.

"틀렸어."

"아무 말도 안 했어."

"하지만 틀렸지."

그가 입을 뻐끔뻐끔거리고 있자니 그녀가 말했다.

"네가 생각할 수 있는 내 부탁이라는 건, 기껏해야 나와 거짓 연애를 하자, 그 정도다. 안 그런가?"

놀랐다.

"……어떻게?"

"원래라면 그것이 오늘 내가 너에게 할 제안이었으니까. 어떤 바보가 누구를 임신시킨다는 소리만 하지 않았다면, 너도 들을 수 있었을 거다. 상식적으로 생각할 수 있는 서로에게 가장 좋은 방법 중 하나니까. 이 방법을 쓰면 너는 주변의 압박에서 벗어날 수 있고, 나는 정부 쪽의 위기의식을 줄일 수 있지."

그녀의 말대로다.

그가 생각하기에 어제 걸려온 전화에서, 세희는 직접적으로 말하지는 않았지만 그 목소리에 자신을 걱정하는 마음이 절실히 묻어나 있었다. 그리고 약간의 추궁도.

그녀가 바라는 건 정부 쪽의 불안감의 해소. 즉, 그에게 사귀고 있는 여자가 생기는 것이다. 그렇다고 사귈 만한 여자가 있는 것도 아니고, 그 역시 연애 쪽에 부정적인 입장이니까 지금 당장은 자신과 거짓으로 사귀는 것이 가장 손쉽고 빠른 방법이다. 나중에 헤어지면 그만이니까.

그리고 그것은 그녀가 '지금' 바라는 것과 달랐다.

그가 말했다.

"그러면 뭔데?"

그녀가 답했다.

"나하고 사귀자."

그는 잠시 자신의 귀를 의심했다. 그 후에는 뇌를 의심했다.

그 다음에는 그녀를 의심했다.

"……뭐?"

그녀가 고개를 갸우뚱 거리며 말했다.

"아, 미안하군. 잘못 말했다."

그렇겠지.

그가 내심 안도의 한숨을 내쉬었을 때.

"너에게 반했다. 나와 사귀자."

그녀가 조금 전보다 더욱 진지하게 말했다.

농담인가? 아니, 농담을 할 사람으로는 보이지 않는다. 거짓말을 할 사람으로도 보이지 않는다. 만약 거짓말을 하게 된다면, 그 거짓말을 진실로 바꾸겠지.

즉, 그녀는 정말로 자신에게 반했다는 말이 된다.

"어째서?!"

생각이 말이 되어 튀어나왔다. 그럴 것이라고 예상이라도 했다는 듯이, 그녀가 말했다.

"내 꿈을 진심으로 긍정해 준 건 네가 처음이니까. 넌 내 꿈을 비웃지도, 허황되다고, 내 기분을 맞춰 주기 위해 거짓말을 하지도 않았지. 그런 네게 반하는 게 이상한가?"

가슴에서 나오려는 말을 막고 혀를 움직였다.

"당연……."

"자신의 꿈을 이루기 위해 보장된 미래를 박차고 나온 너라면 알고 있을 텐데?"

그녀가 말했다.

"꿈을 꾸고 사는 이들은, 자신의 꿈을 진심으로 응원해 주는 사람에게 마음을 빼앗긴다는 사실을."

그녀의 말에.

그는 이미 잊어 버렸을 거라고 생각했던 한 여자아이의 모습을 떠올렸다.

자신의 꿈을 처음으로 지지해 주었던 그녀를.

그렇기에 진심의 바로 한 발자국 앞까지 갔던 그 소녀와의 추억을.

그렇기에 그녀의 이유를 부정할 수 없었다.

스스로 그러했었으니까.

"하지만……."

그녀가 진심이라 한들, 자신은 그 마음을 받아 줄 수 없다.

"너 말이야."

쉽게 말을 잇지 못하고 고민하는 그를, 그녀가 테이블에 턱을 괴며 삐딱하게 바라보며 말을 이었다.

"그렇게 살면 재밌나?"

그가 움찔, 주먹을 쥐는 것을 보면서도 그녀의 붉은 입술은 계속해서 움직였다.

"너무 다른 사람만 생각하고 있는 거 아니야? 상냥한 건 좋지만, 세상에서 가장 중요한 건 자기 자신이잖아?"

자리를 박차고 일어났음에도 그녀는 멈추지 않았다.

"그런데 너는 내 고백을 들었을 때 무슨 생각을 했지? 먼저 거절할 방법부터 생각했다. 왜? 그렇게 그 '약조'라는 게 무섭나?"

화가 치밀어 오른 그가 그녀의 멱살…… 을 잡으려다가 잡을 곳이 없다는 것을 깨닫고 테이블을 내리치며 외쳤다.

"넌 그걸 본 적이 없으니까 그딴 소리를 할 수 있는 거겠지!"

그녀가 고개를 끄덕였다.

"그렇군. 첫 번째 데이트 코스는 지리산이 좋겠어."

"장난치지 마!"

"장난? 내가 장난치고 있는 거로 보이나?"

고개를 삐딱하게 들어 그를 바라보며 그녀가 말했다.

"우리 사이가 어떻게 되든, 나는 내 직업상 그 호랑이를 봐야 할 필요가 있다. 그렇다면 지킴이 일족의 안내를 받는 게 좋지 않겠어? 거기다 안내인이 내 애인, 혹은 남편이라면 금상첨화겠지."

그는 진심으로 그녀를 때리고 싶었다. 하지만 그녀의 여유로운 표정을 보고서 그는 생각을 고쳤다.

그녀의 직업은 교섭가. 이런 자신의 반응조차 그녀의 의도일 가능성은 충분히 있다.

그는 마음을 가라앉히고 다시금 자기 자리에 앉았다. 그녀가 한숨을 쉬었다.

"겁쟁이의 사고방식이군. 마음에 들지 않아. 나와 사귀게 된다면 반드시 고쳐 주지."

"도발해도 소용없어. 그리고 난 너와 사귈 생각은 조금도 없다."

"이상하군. 아까 말했지 않나? 나 같이 기 센 여자를……"

"그, 그건!"

당황해서 말을 끊고 봤지만 좋은 변명이 떠오르지 않는다.

"그것보다!"

그래서 화제를 돌리기로 했다.

"너 말이야. 나하고 사귄다는 게 무슨 뜻인지나 알고 있어?"

"당연한 거 아닌가?"

그녀가 허리를 피고 반듯이 앉아 두 손을 깍지 끼고서 테이블 위에 올려놓고서 그를 바라보며 말했다.

"네가 글을 쓸 때, 밥을 먹을 때, 잠을 잘 때, 목욕할 때, 화장실을 쓸 때, 산책을 나갔을 때, 술을 마실 때, 그 모든 순간. 언제나 나를 생각하게 된다는 거지. 오직, 나만을."

그는 도망치고 싶어졌다. 저렇게 닭살 돋는 말을 진심으로 할 수 있다니. 세상에.

하지만 그녀는 부끄러워하는 기색 하나 없이 말했다.

"이런 말을 하는 건 아무리 나라 해도 꽤 부끄러운데 뭔가 반응이라도 보여 줬으면 좋겠군."

그녀의 뜻대로 해 줬다.

"네 어딜 봐서 부끄럽다는 거야?!"

"지금 잘 봐서 기억해 두도록. 이게 네 애인이 될 여자의 부끄러워하는 모습이니까."

그녀의 말을 따라 자세히 보니 약간 볼이 붉어진 것 같다.

아아아아주우우우우 약간.

"이미 확정이냐?! 아니, 그전에!"

그는 냉정을 유지하러 애쓰면서 말했다.

"내게 있어서 연애라는 건 그렇게 간단하게 할 수 있는 게 아니야."

"약조 때문에?"

그가 고개를 끄덕였다.

"이래서 남자들이란."

그녀가 후우, 하고 한숨을 내쉬었다.

"이미 머릿속에서는 나를 이불 위에 눕히는 것밖에 생각 않고 있군."

그는 당당하게 말할 수 있다.

"그런 적 없어!"

거기 까지 망상…… 아니, 생각하기에는 그가 짊어진 짐이 너무나 무겁다. 그 사실을 깨달았는지 그녀가 오늘 본 가장 진지하고 심각한 표정을 지으며 말했다.

"……혹시, 고자인가?"

"아니야!"

남자로서의 자존심을 지키기 위해 일단 외치고 보았지만, 그는 후회하게 되었다.

차라리 고자라고 말했다면.

"그런가. 그렇다면 너는 지금 걱정을 하는 거겠군."

이런 소리를 듣지 않아도 되었을 텐데.

"만약, 자신이 누군가를 진심으로 사랑하게 되어서 결혼을 하고, 가정을 이루고, 아이를 낳았을 경우. 아내와 아이에게 찾아올 운명. 그리고 자기 자신에게 찾아올 후회까지 말이야."

그녀의 말이 사실이기에 그는 부정할 수 없었다. 그저 입을 다물고 그녀의 말이 옳다는 것을 증명할 수밖에.

그녀가 말했다.

"하찮군."

그녀가 말했다.

"같잖고."

그녀가 말했다.

"이기적이며."

그녀가 말했다.

"오만하다."

테이블이 옆으로 나동그라지는 소리가 울렸다.

그가 시뻘겋게 핏줄이 선 눈으로 그녀를 노려본다. 살의만으로 사람을 죽일 수 있었다면 이미 그녀는 이 세상 사람이 아닐 것이다. 하지만 그녀는 여유롭게 그의 시선을 받아들이며 말했다.

"그것들은 네가 걱정할 것들이 아니다. 네 아내가 될, 이왕이면 내가 좋겠군, 네 아내가 될 여자와 네 아이가 짊어져야할 짐이지."

그녀는 여유를 잃지 않았다.

"그리고 그까짓 것들은 내게 있어서 아무것도 아니다. 그러니 이 이야기에 대해서 왈가왈부하는 것은 그만두도록."

그 모습에 그가 울컥했다.

그를 지금까지 괴롭혔던 고민이, 실제로 그녀에게는 저녁 메뉴를 고르는 정도의 문제라는 사실을 은연중에 깨달았기 때문이지만……

그 사실을 깨닫는 것은 훗날의 이야기.

지금은 그저 끓어오르는 마음을 빈정거리는 말에 담을 뿐이었다.

"웃기시네. 그러고서 나중에 책임지라는 소리나……."

그녀가 눈웃음을 짓는 것을 보고 나서야 그는 자신의 말실수를 깨달았다. 재빨리 입을 다물어 보지만 너무 늦었다.

"좋은 일이군. 나와 결혼한 후의 일을 생각하고 있다니."

"어, 어디까지나 가정이야!"

"가정. 흠, 가정이라. 정말 좋은 울림이군."

틀렸다. 이미 강아지와 놀아 주는 아이 같은 모습이다. 이런 상황에서 무슨 말을 해도 자신에게 좋을 것이 없다고 생각한 그는 입을 다물었다.

그가 침묵하자 장난기를 지우고서 그녀가 말했다.

"그리고 보니 한 가지 궁금한 점을 물어볼 테니 대답하도록."

"이젠 아예 명령이냐?!"

"대답하도록."

"……뭔데."

그의 대답에 만족하며 그녀가 말했다.

"세희에게 들었다. 네 모든 걸 받아들일 수 있는 대범한 여자라면 결혼도 생각해 본다고. 그리고 나는 말했다시피 그런 여자다. 성격은 대범하고 말투는 거칠지만, 보다시피 미인이고 가슴 또한 크지. 네게 내 인생을 책임지라는 소리도 하지 않는다. 또한, 나와 사귀게 되거나 결혼하게 되면 주변의 압박에서도 자유롭게 될 수 있지. 그리고 무엇보다 가장 중요한 것은."

그녀는 잠시 숨을 고르고, **살짝** 볼을 붉히며 말을 이었다.

"상대가 너에게 반한 여자라는 점이다."

이번에는 확연하게 눈에 드러난 그녀의 부끄러워하는 모습에 그가 잠시 당황했을 때.

"흠, 흠."

헛기침을 하며 언제 그랬냐는 듯이 태세 돌변한 그녀가 말했다.

"그런데 왜 그렇게까지 나와 사귀는 것에 부정적인 입장을 고수하는 거지? ……혹시 내가 마음에 안 드나? 성형 수술은 싫지만 말투 정도라면 바꿔 줄 생각이 있다."

그는 대답하고 싶지 않았지만 이 자기중심적이며 눈치 빠른 여자는 자신의 진심을 듣기 전까지는 물러날 기색이 없어 보였다.

그는 두 손으로 머리를 감싸 안으며 어쩌다가 일이 이렇게 됐는지 모르겠다면서, 왠지 모르게 떠오른 사악한 미소를 짓고 있는 세희의 모습이 머릿속에서 지우며 대답했다.

"……그런 이야기는 서로를 어느 정도 알게 된 다음에 하는 거라고."

"풉."

그녀가 웃었다.
"하하하하하하하하!"
한 손으로는 배를 잡고 다른 손으로는 허벅지를 치면서 성대하게.
"……."
시간이 흘러도 잦아들지 않는 그녀의 폭소에 이제 집으로 돌아가도 괜찮지 않을까, 하는 생각이 드는 순간.
"정말, 매사에 진지한 남자군."
그녀가 웃음을 멈추고 흘러나온 눈물을 손가락으로 닦으며 말했다.
"그러면 일단 편지를 주고받는 것부터 시작할까?"
그는 자리를 박차고 나왔다.

＊　　　　＊　　　　＊

"저기를 봐라."
돌아다니느라 지쳐, 벤치에 앉아 추억 속에서 쉬고 있던 나를 그녀가 현실로 끄집어낸다.

그곳에는 유치원 아이들이 선생님과 함께 소풍을 즐기고 있었다. 둘이서 짝을 이루고 손을 잡은 채 꺅꺅 대며 즐거워하고 있는 녀석들이 보인다.

아이들이라……

귀찮은 존재다. 시끄럽고, 방약무인하며, 자신이 세상의 중심이라 여긴다. 그런 아이들을 보살피는 선생님이라는 직업은, 3D 직업에 들어가야 하는 것 아닐까.

아이들을 가르치는 것은 어렵고, 아이들의 행동은 언제나 위험하며, 아이들의 생활은 더러움과 함께 한다.

3D 직업만큼 선생님이라는 단어에 어울리는 부연 설명이 또 어디 있을까.

그런 생각을 하고 있을 때.

"아이를 가지고 싶군."

"콜록, 콜록!"

그녀가 상상도 못한 말을 한 덕에 사레가 들리고 말았다. 격한 기침을 내뿜으며 가슴을 치고 고통을 호소해 보지만.

"슬슬 그럴 때도 되지 않았나?"

그녀는 신경도 쓰지 않는다.

나는 기침을 억지로 참으며 겨우겨우 말했다.

"갑자기, 콜록, 무슨 소리야?"

그녀가 유치원생들에게서 시선을 떼지 않으며 말했다.

"말 그대로다."

"아니……."

"이름은 내가 짓는 게 좋겠군. 네 작명 센스는 형편없으니까."

"잠깐. 그 건에 대해서 이의를 제기한다."

"각하. 네가 쓴 소설 속의 등장인물들 중, 여주인공의 이름이 방방이라는 것을 증거 자료로 제출하지."

억울하다.

"방방이 뭐 어때서? 캐릭터의 성격을 그대로 드러내는 이름이잖아."

"……그런 점이 문제라는 거다."

드물게 그녀가 나를 바라보며 인상을 찌푸렸다.

"그런 것까지 유전되면 안 될 텐데 말이지."

교묘하게 이야기를 되돌린다. 역시 그녀를 상대로 나 편한데로 화제를 돌리는 건 힘든가.

"유전될 일이 없으면 상관없겠지."

그녀가 고개를 돌려 나를 본다. 사람 하나 죽일 수 있을 것 같이 흉흉한 표정이지만, 나는 피하지 않는다.

그녀가 말했다.

"그동안 서로에 대해 충분히 알게 되었다고 생각했는데."

그녀의 말은 사실이다. 그녀를 처음 본 후, 1년하고도 9개월 정도가 지났다.

그동안 주고받은 편지의 양은, 정말로 했다, 소설책 다섯 권 분량이 넘어간다.

처음에는 내 쪽에서 답장 같은 걸 할 생각이 없었지만……

소재거리라도 찾아볼까, 하는 생각에 읽어 본 그녀의 글이 너무나 명문(名文)이어서 어쩔 수 없었다.

계속해서 읽어 보고 싶었으니까.

그렇게 나는 그녀가 쓴 글에 반했다. 그 마음은 결국 글을 쓰는 그녀에게까지 이어져, 어쩌다보니 연인 관계까지 다다르게 되었다.

하지만.

"그런 말을 하는 것 자체가 나에 대해 아직 모른다는 거야."

나 같은 인간쓰레기라도, 꿈을 위해서는 모든 것을 포기할 수 있는 남자라 해도 말이지.

스스로 해야 하는 일이 있다는 건 안다.

"그런가."

그녀는 내 마음을 읽은 것처럼 미소를 지었다.

"기다려 주도록 하지."

나는 그녀가 잡아 오는 손을 피하지 않았다.

정확히 말하자면, 내 왼쪽 약지 손마디를 간질이는 손가락을.

글쓴이의 끼적끼적

안녕하세요, 카넬입니다.

오랜만에 뵙습니다. 그동안 다들 잘 지내셨습니까. 저는 어제와 같은 오늘을 지내고 있습니다. 이제 며칠 뒤면 크리스마스이브로군요. 이 책은 벚꽃이 필 때쯤 나올 예정이지만, 지금은 겨울입니다.

춥네요. 크리스마스에는 눈이나 내렸으면 좋겠습니다.

원래는 저번 권 후기에 쓰려고 했던 이야기를 쓰겠습니다.

2015년 11월과 12월에 사인회를 열었습니다. 이번 권을 읽어 주신 독자님들께는 옛날의 일이라고 생각하시겠지만, 저역시 그렇습니다.

······말이 좀 이상한 것 같지만, 한 달 정도 지나니까 슬슬 기억이 가물가물해지는군요. 사실, 사인회에서 너무 정신이 없기도 했고요.

사인회에 참여해 주신 분들, 참여하고 싶었지만 기회가 여의치 않아 불참하셨던 분들, 관심이 없으셨던 분들. 이 자리를 빌어 모두 감사하다는 말씀을 드리고 싶습니다.

이번에 피규어가 나왔습니다. 예쁘게 잘 나왔더라고요. 좋네요. 응. 좋아요. 어른들의 사정으로 소량밖에 못 만들었지만, 이걸 시작으로 조금씩 나아갔으면 합니다.

2부 5권의 마지막에서 그런 짓을 한 뒤에 나온 것이…… 이 단편집입니다. 왜 이렇게 됐냐면, 조금 쉴 필요가 있다 생각했기 때문입니다.

이번 권에서는 그동안 하고 싶었던 이야기와 보고 싶었던 장면들로 가득 채웠습니다. 자기 욕망에 충실한 이야기라고 할 수 있습니다.

제가 바로 웨딩드레스를 단편집 표지에 써 버린 작가입니다. 이래도 될까 싶어서 의견을 물어보니, 웨딩드레스는 완결권에만 입혀야 한다는 편견은 버려! 라는 말을 들었습니다.

다음 권은 언제 나올까 모르겠습니다. 계획대로 된다면 6월에도 나올 수 있겠지만 인생이 계획대로 흘러갈 리가 없지요.

나와 호랑이님, 다음 권의 여러 가지 이야기도 기대해 주셨으면 합니다.

기대하니까…… 아, 여기까지 쓰면 혼나겠지.

```
┌─────── ◆본 작품의 의견, 감상을 기다리고 있습니다◆ ───────┐
│                                                          │
│  보내실 곳 _                                              │
│                                                          │
│  서울시 구로구 디지털로 26길 111 JnK디지털타워 503호      │
│  우편번호 152-848                                         │
│  (주) 디앤씨미디어 시드노벨 편집부                         │
│                                                          │
│                                      카넬 작가님 앞       │
│                                      영인 작가님 앞       │
│                                                          │
└──────────────────────────────────────────────────────────┘
```

카넬 시드노벨 저작 리스트

나와 호랑이님 14.5

1판 1쇄 발행 2016년 3월 1일
1판 3쇄 발행 2017년 11월 30일

지은이_ 카넬
발행인_ 신현호
편집장_ 이석원
책임편집_ 문승민
편집부_ 유석희 문승민 신은경 송영규
편집디자인_ 한방울
국제업무_ 정아라 고금비
영업 · 관리_ 김민원 이주형 조인희

펴낸곳_ (주) 디앤씨미디어
등록_ 2002년 4월 25일 제 20-260호
주소_ 서울시 구로구 디지털로 26길 111 JnK디지털타워 503호
전화_ 02-333-2513(대표)
팩시밀리_ 02-333-2514
E-mail_ seednovel@dncmedia.co.kr
홈페이지 www.seednovel.com

값 6,800원

©카넬, 2016

ISBN 979-11-86958-35-3 04810
ISBN 979-11-956396-9-4 세트

오버정우기 지음
보라 일러스트

드래곤×프린세스×블레이드 1~7

천공의 도시에서 펼쳐지는 드래곤 미소녀 판타지 제7탄!

교룡도시 비라디스의 하늘 위에 모습을 드러낸 〈용도〉 오르비스.
검마의 술법은 차원의 틈으로부터 검제를 끌어내려 하고
용신세계의 강림이 앞당겨지는 것을 저지하려던 리온 일행을 막아선 것은,
검신의 경지에 근접한 검의 괴물, 검성 유바리였다.

점차 가까워지는 용신세계의 강림.
〈용도〉 오르비스에 최강의 심검사들이 모인 가운데,
세상의 운명을 결정지을 싸움이 시작된다!

천공의 도시에서 펼쳐지는 드래곤 미소녀 판타지 제7탄!
《숨덕부》의 작가 오버정우기의 화제작!